历代笔记小说大观

投辖录
玉照新志

[宋] 王明清 撰　朱菊如　汪新森 校点

投　辖　录

［宋］王明清　撰

朱菊如　校点

校 点 说 明

《投辖录》，宋王明清著，成书于绍兴己卯（1159）十月，时年三十三岁。此外，尚著有《摭青杂说》一卷、《挥麈前录》四卷、《后录》十一卷、《三录》三卷、《余话》二卷、《玉照新志》等，另《清林诗话》已佚。

明清字仲言，汝阴（安徽阜阳）人，生卒年份无详明记载。《挥麈前录》卷四有云："绍兴丙辰（一一三六），明清甫十岁。"据此当生于高宗建炎元年（1127）。余嘉锡《四库提要辨证》："至嘉泰二年壬戌，任浙西参议官，则已七十有六矣。《前录》自跋之前，有题目一行曰'王知府跋'。《余话》目录后又有龙山书堂牌子云'今得王知府宅真本全帙四录，敬三复校正锓木'，第不知其以某官知某府耳。"由此得知明清卒于七十六岁以后。

明清身历高宗、孝宗、光宗、宁宗四朝。曾任滁州来安令、朝请大夫主管台州崇道观、签书宁国军节度判官、泰州通判、浙西参议官、某府知府等职。

明清五世祖王昭素乃太祖时博通九经的著名学者。祖父王萃师从欧阳修，藏书数万卷皆亲自校雠，声名籍甚于神宗、哲宗之时。父王铚曾任枢密院编修官，著书宏富，人称雪溪先生。外祖曾纡、舅氏曾惇、外舅方滋皆当时达官望族。明清自幼及长，或居家研读，或随亲长游宦四方。受知于尤袤、朱敦儒、李焘、李垕等大儒，备受赏识。其家学师承之渊源由此可见。耳听目濡，考其实而笔录之。内容多为正史之所未见。尤其是南渡以来，简册散佚，尤显其价值。

　　《投辖录》多记奇闻异事,偶亦涉及历史人物及其活动,如《林灵素》、《郑子卿》等篇,反映了北宋末期统治阶层荒淫腐朽,权臣误国,君主惑于方士无稽之术,疏于政事,北宋焉得不亡。

　　《投辖录》流传至今已八百余年,其间传钞刻印,颇多遗误。明祁氏淡生堂刊本罕见,现据璜川吴氏钞本涵芬楼藏版(共四十九则),参校明陶宗仪纂《说郛》(宛委山堂本仅录四则)、《五朝小说大观》(仅录三则)及景文渊阁本(四十四则)有关部分。

　　此次整理参照1991年上海古籍出版社出版的《投辖录》、《玉照新志》合刊本,按《历代笔记小说大观丛书》的体例重新加以整理修订。遗误之处,请读者指正。

目　　录

投 辖 录 序

　　迅雷、倏电，剧雨，飚风，波涛喷激，龙蛟蜕见，亦可谓之怪矣！以其有目所觌，习而为常，故弗之异。鬼神之情状，若石言于晋，神降于野，齐桓之疾，彭生之厉，存之书传，以为不然，可乎？《齐谐》志怪，由古至今，无虑千帙，仆少年时惟所耆读，家藏目览，鳞集麇至，十逾六七。间有以新奇事相告语者，思欲识之，以续前闻，因仍未能。属者屏迹杜门，居多暇日，记忆曩岁之所剽聆，遗亡之余，仅存数十事，笔之简编。因念晤言一室，亲友话情，夜漏既深，互谈所觌，皆侧耳耸听，使妇辈敛足，稚子不敢左顾，童仆颜变于外，则坐客忻忻，怡怡忘倦，神跃色扬，不待投辖，自然肯留，故命以为名。后之仆同志者，当知斯言之不诬。

　　绍兴己卯十月旦日叙。

投辖录

蓬 莱 三 山

祥符中,封禅事竣,宰执对于后殿,真宗曰:"治平无事,久欲与卿等至一二处未能,今日可矣。"遂引群公及内侍数人入一小殿。殿后有假山甚高,而山面有洞,上既先入,复招群公从行。初觉暗甚,行数十步,则天宇豁然,千峰百嶂,杂花流水,尽天下之伟观。少焉,至一所,重楼复阁,金碧照辉。有二道士,貌亦奇古,来揖上,执礼甚恭。上亦答之良厚。邀上主席,上再三逊让,然后坐。群臣再拜,居道士之次。所论皆玄妙之旨,而肴醴之属,又非人间所见也。鸾鹄舞于堂,笙箫振林木,至夕而罢。道士送上出门而别,曰:"万机之暇,毋惜与诸公频见过也。"复由旧路以归。臣下因以请于上,上曰:"此道家所谓蓬莱三山者。"群臣惘然自失者累日,后亦不复再往,不知何术以致之。祖父闻于欧阳文忠公。

百 宝 念 珠

慈圣曹后,嘉祐中幸相国寺烧香。后有百宝念珠价直千万,挂领间,登殿之次忽不见。仁宗大怒,命尽系从卫之人,大索都下。捕吏惶惧,物色不可得。因念寺前常有小儿数人嬉戏自若,而不知其所从来,漫往问之。中一丫髻女子,年十二三,忽笑谓吏曰:"前日偶取之,忘记还去,今见挂寺塔之颠火珠上,当自往取之。"吏知其异人也,再拜以请,女子还,遂入塔中。吏辈仰视,见第十三级窗中出一手,与相轮等,观者万人,恐怖毛竖,须臾不见。而女子手提数珠而下,授吏。复请曰:"中旨严急,愿俱往以取信。"儿亦不辞,行数十步,立化通衢。开封尹上其事,上嗟异久之,凡坐累者皆获赦云。

华山崩

熙宁中,神宗遣内侍高伟使蜀,既还,道由华阴,投宿县驿中。忽一老卒若抱关者,前白曰:"某住此多年,今夕气候非常,必有大灾异,官人速去,或可免,不可留也。"坚请其行甚切。伟疑其有它,迟回来往未肯发。老卒曰:"若某妄语,来日官人回此穷治未晚,今已急矣,速去犹可投于前铺。"伟异其言,不得已上马。未十余里,天色已曛,得小马铺止宿。俄而风雨雷电大作,震荡轰磕,若天翻地转,通夕惶怖。诘朝澄霁,遣人回视旧路,则曰:"昨日华山崩。少西十里,则高山大石,弥望不知几里,非复故道矣。"伟皇恐归奏。

先是,华山三峰,其高际天,有阜头谷在华山之阳。至是谷崩,风雷簸捥,自山之背隃华山甚远,此石方坠地,压覆二十七村,被其害者百余里,平地为山,迷失旧处,邮驿不通者累旬,方疏凿之,而后成路。朝廷遣官致祭,诏恤其邑,《实录》中亦略载其事。山下立庙,俗为"翻山大王"云。

伟后仕祐陵,亦甚显名。

翟　惟　康

翟惟康,武林人,少有俊声,年十八九即随计入京。省试既罢,馆于姊夫开封府推官沈扶家。会其女兄有娠入月,遣惟康市少备用药饵之属,偶自持之过相国寺,有瞽者善揣骨听声,惟康试叩之焉。瞽者曰:"子手中所持何物耶?"惟康曰:"吾来卜于子,焉问此为?"瞽者曰:"此非催生药乎?此妇必生男子,非常之人也,子之前程实有系焉。俟此儿高官,子当受其荫,始入仕。"惟康笑其狂诞一至于此,不问其他而去。是月,惟康之姊免身得雄,惟康自此连蹇。其儿即沈文通也,中甲科,三十为侍从,出守杭州。惟康为其持贡奉表,贺神宗登极,补太庙斋郎。元丰中,与先祖为僚,自言其详,精妙如此,可以言术矣。《王荆公集》中载沈扶妻翟夫人之志铭云:"今上即位,翰林守杭州,其季惟康奉献得仕"是也。惟康后至正郎云。已上三事先太史云。

章　丞　相

章丞相初来京师,年少,美丰姿。当日晚,独步禁街,睹车子数乘,舆卫甚都,最后者,辕后一妇人,美而艳,揭帘目逆。丞相因信步随之,不觉至夕。妇人以手招丞相,丞相遂登车与之共载,至一甲第,甚雄壮。妇人遮蔽丞相,杂众人以入一院,深邃若久无人居者。少顷,前妇人始至,备酒馔之属亦甚珍。丞相因问其所,妇人笑而不答。自是妇人引侪类辈迭相往来,俱媚甚,询之皆不顾而言它,每去则必以巨锁扃之。如是累日夕,丞相体为之弊,甚彷徨。一姬年差长,忽发问曰:"此岂郎君所游之地,何为而至此耶?我之主翁行迹多不循道理,宠婢多而无嗣,每钩致少年之徒与群妾合,久则毙之,此地凡数人矣。"丞相惶骇曰:"果尔,为之奈何?"姬曰:"观子之容,非碌碌者,似必能免。主翁翌日入朝甚早,今日解我之衣以衣子,且不复锁子门,俟至五鼓,则吾当来呼子,子亟随我登厅事,我当以厮役之服披子,随前驺以出,可以无患矣。尔后慎勿以语人,亦不可复由此街。不然,吾与若彼此皆祸不旋踵矣。"诘旦,其姬果来扣户,而丞相乃用其术,得免于其难。后丞相既贵,犹以此事语族中所厚而善者,云后得其主之姓名,但不欲晓之于人耳。李平仲云。

蒲　恭　敏

蒲恭敏帅益都日,有道人造谒,阍者辞之,留文字一轴而去。恭敏启视,云:"我居清空表,君隐尘埃中。声形不相吊,兹事难形容。"又云:"欲乘明月光,于君开素怀。天杯饮清露,展翼到蓬莱。佳人持玉尺,度君多奇才。君才不可尽,玉尺无时休。对面一笑语,共蹑金鳌头。绛宫楼阁百千仞,霞衣杂与云烟浮。"后题云:"上清鉴逸真人李白。"恭敏惊怅,绳治阍吏,遍访迹于闾巷,不可复得。

张 宗 颜

近有逸人张宗颜,游杭州三茅观,松径中遇白衣道士,裙裳破敝,自云观中人也。相与游,行坐堂上,宗颜问曰:"此有龙否?"曰:"诚真龙也,不必井中。"指抵下泥淖曰:"只此亦有龙。"下庭驱焉。果有小龙宛转泥中,与今画工所为无异,角耸、髭髯、绿鳞、黄鬣、赤目,但长晶明,非常画像所比。良久,雨雾倏合,从霹雳飞去。道士与宗颜出,中涂遇主宫道士语,乃失驱龙者,因道其事,且曰:"此非观中人也。"宗颜始悟非常士,观斋宫画像中有真君像,状貌特肖所遇者,其裾为风雨所坏矣,但嗟叹致拜而退。

宗颜年绝高,能详言国初事,性沈静,寡言语,以其言非诞谖,乃纪云。大观中阅灏子云之所云耳。

邹 志 完

建中靖国初,邹志完自新州北归,次英、韶之间,马上忽睹一物自空中飞至,近睹之,乃一人耳。但见面目髭髯,余皆云雾蔽之,熟视志完而去。少焉,休鞭宿于道旁旅邸中,方晚饭,心念适之所见。疑虑之次,忽其物又自天井中飞入,语志完云:"不意公惓惓不相忘如此,故特来求一面耳。"时志完举酒问能少饮乎?物肯首。以一觞饫之,遂酹若醺醉状,瞑目少刻而醒,谓志完曰:"君此去便登禁闼,可无他虑也。"揖志完而别。志完询其姓氏,不答飞去,竟不知何怪。已而志完入朝,拜中书舍人。

衡 州 老 人

衡州有一老父,荷担卖生姜三十余年,老稚见之颜貌不改。或问之,曰:"吾所居在回雁峰后,人迹罕至,人亦不暇访吾庐也。"一日,有道人延入茶肆,会曰:"吾有黄白之术,求其常德者授之。吾见翁数十年未曾改操,吾将遗翁此术如何?"翁即就担中取姜一块纳口中,少顷取出已成黄金矣。乃笑曰:"吾有此术尚不为,况其他耶?"市人惊叹聚观,若便旋而失之,自是之后,亦不复见其人矣。此曾文肃谪居衡阳日目睹者也。

<h2 style="text-align:center">李　氏　女</h2>

　　昭德,赵郡李氏丙申女。初名如璋,往岁泊舟僧伽浮图下,梦人教改名曰昭德,遂依用之。熙宁甲寅岁春,随侍其先君司封在曲江,梦一妇人年三十许者,面正圆而身长,莫能省识,曰:"汝负我命,岁在戊午,我得复冤。"是岁九月,梦一神女从空中而下,指昭德曰:"汝不是汝母九五齐行遍,汝今正好修。"方梦时不知问"九五齐行"是何义,觉而问人,莫能训说。由此寄心香火因缘,不视世间事,且二岁余。母氏怒曰:"女子无所归,他日吾目不瞑。"昭德惧,夙夜女工。元丰戊午仲冬十五夜戊子,梦曲江所梦之妇,曰:"我来矣,汝偿我债。"以物正刺昭德之心而去。从此遂病心痛,针灸、艾药熨、卜祭鬼,尽世间法,楚毒增剧,家人莫知所为。庚寅日昳时,忽得寐梦一女子,从卫如贵人,熟视之,乃甲寅所梦见之神女也,曰:"汝不感我语今奈何?"昭德曰:"弟子愚暗,惟垂慈救。"女曰:"此非吾可以为汝,惟佛能之。"即将昭德诣佛。仰见宫殿庄严,诣佛皆语。昭德拜且泣,道所以来。内一佛曰:"冤对相逢,如世索债,须彼此息心,当自悟。"昭德曰:"世业所薰,根索牢固,安能顿悟。"佛曰:"当此危苦,如何不悟?"昭德复哀请百余语,佛曰:"汝但发菩提心,尽此形寿,回向三宝,乃可以度脱出厄。不尔,二十五岁债偿复来,虽吾亦不能为汝。"佛乃为其作法,以手加昭德项后旋绕三匝,曰:"吾为汝解冤意,汝归,心安矣。"既觉,病去十九,顷之遂平。昭德从此心绝华慕,口绝腥膻,身绝粉黛、绮绣、洗濯三业,亦不复善心诸梦,故追忆梦时,存其梗概。

尼 法 悟

法悟，清源陈氏戊申女，早慧，能诵《金刚经》。尝许适其姑之子，姑爱之异常。元祐三年二月初一日，在本家道堂内，忽以剪刀断其发。母见，持之而泣。顷刻兄嫂弟妹毕集，诱谕迫胁，无所不致。法悟神色怡然，笑而不答，曰："法悟自有境界，已发大愿，若遇明眼善知识或敢言其一二。"举家莫能为计，异日谋请建隆长老为举扬般若违恩义罪谴无边。语未竟，法悟直前拈香低头礼拜，言曰："正月一日晡时，在道堂坐，忽见眼前黑暗，见远处有火光，举身从之，约行数里入大门，榜曰'报冤门'，有绿衣判官持簿籍曰：'汝未可来，何为至此？汝有宿冤当报，知否？'法悟心悸，对曰：'得生人间，未曾为恶，何得有冤？'判官曰：'汝前世之妻乃汝今生之夫，以嫉妒故，伤汝左耳，因而致死。今反为汝之夫，合正其命。'法悟曰：'我虽有此宿冤，心不欲报。'判官曰：'此自当报，不由汝心。'法悟曰：'我若报冤，冤冤相报，无有了期。'判官曰：'不然，如世间杀人，若有不偿报者，其冤终在。'法悟曰：'我但不生嗔恨，冤自消释。譬如释迦世尊，昔为歌利王割截身体，节节支解，不生嗔恨，我今亦不生嗔恨。'法悟仍见世间冤对，尽载簿内，念得火炬焚却此簿，令一切冤仇尽得解脱。判官忽扬眉怒曰：'汝是何人，辄来乱吾法也。'叱之使去。震恐之际，不觉身在郊外，号泣曰：'是何恶业，却教杀人报冤，观世音菩萨来救取我去。'忽见一老僧云：'童子过来，汝须发愿。'法悟应声曰：'我若事人，愿碎身如微尘河沙劫，不生人道。'僧曰：'善哉！当听吾偈：万丈红丝结，何时解得彻？但修顿教门，那见弥勒法。'法悟知僧不凡，因前问前生父母何在。曰：'汝母已生天，父犹沈滞。可礼阿育王宝塔，一会与父。'法悟旋归，失足堕井中，惊不觉醒，乃见身在道堂内，约日色止逾一食时，而自初觉眼前黑暗，至入门与判官议论，及被叱见老僧语言，不啻如终日也。法悟既觉，心极惶骇，又重舍其姑之恩义，彷徨不决，至当月晦夜，忽梦前所见老僧，以手摩法悟顶。法悟确意，遂于翌日对佛发愿，愿云：'若果有出家缘分，愿剪发时无人来见。'遂剪二十四刀，尽断其发，再以剪刀齐其蓬。母忽见之。"建隆闻说，不复阻难，但云"不可思议"。先是，法悟之母某氏，学道参请已三十年矣，未有悟入。是日辰时，因举之而故犯因缘，恍然有省，乃知时因缘不约并至，非拟议所及。时在扬州北门居。

右二事，黄太史鲁直子书云尔，不改易也。真迹在周渤惟深家，绍兴初献于御府。

贾　生

拱州贾氏子，正议大夫昌衡之孙，美风姿，读书能作诗与长短句，怨抑凄断，富与才情，又奉佛乐施，奉佛尤力事，交友驯谨而简谅，人皆喜之。常与其友相约如京师观灯，寓于州西贤寺，教院妙空曰："华严旧所住也。"监寺僧慈航作黑布直裰五六领，皆缀以帛，书寺名、为某事丐钱。贾戏披之以为笑，且曰："今晚为寺中教化。"夜，果戏出丐钱，风度秀峙，词辩横出，士女竞施，寺僧遣二力舁钱归，几不能举。翌日，其友戏之曰："称职哉！"贾曰："都人美丽，不容傍窥。惟行者丐钱得恣观视，虽邀逐而取焉，无害也。此吾亦薄有利焉耳！"夜，贾固欲往，而寺僧利其入，纵臾之，遂尽五夜。翌日其友睡未起，贾曰："略出矣。"友欲与语，而贾已去。抵暮而还，袖中出黄柑两枚，奇香数种，分柑爇香，谈笑无异也。又两日，友约以归，贾但以一书致家。自是抵春暮而犹在京师也。闻有人自京师来，说贾瘦瘵。又言携一妇人，但瘦瘵耳。即同归，归而瘦益甚，服药不验，举止无少差误，但不喜其旧妾，独寝于宅后书庵中，为少异也。问之，则曰："病而绝此，自啬养耳。"瘦日甚，举家不知所为，老乳媪夜半后往候之。闻庵中切切有妇女家语，比晓告其兄弟，乃知贾为鬼物所病也。百方禁断之不能去。贾故自若，且曰："我病在经络脏腑，而禁咒何益哉？"

五六月间，天宁寺作般若会，长老宗戒请贾之昆季与贾之友往斋。既罢，同游纳凉，寺之僧堂高广，蔽以大殿，无西日，堂之前有风阴阴焉。并门长连床，一寓僧坐其上。戒老与客俱至，先语僧曰："兄弟勿动，同此纳凉，诸官皆道友也。"瀹茗剖瓜均行，而食之从容，戒老忽曰："今岁贾宅几官，人独不在此，闻久病，日来亦少瘥否？"其兄言其曲折，且曰："知其为鬼所困，而不能治也。"长连床上寓僧忽曰："审如此，我能治之。"众竞起问之，则天台僧道清也。僧取净土斗许，念咒百余遍，以授其兄，使候其来，以土围之，连墙壁处穴穿敷土令相接，或置之墙上令遍，或以意想为得，至哀鸣求免，即开庵中土而使之去，慎勿至日出也。如其言围之，方四鼓忽闻庵中忿厉声达于外，至五鼓且哭且悔。贾兄问之，称罪曰："我京城之庙灵也，有封爵，惭不能自言。悦其风姿，不少忍，以至于此。明，则丑恶俱露矣，伏愿见怜。"曰："复来乎？"曰："我恃神力，以为无如我何，不知遭此，今得免，当洗心省咎，岂敢再至。"曰："神见何物而惧也？"曰："身在铁城中，高际天矣。""欲自何方去？"曰："西北。"即开土尺许。既泣且谢，肃然有冷风自西北而去。比明，视之，则贾尚寝矣。亟往谢道清，施以二万钱，不受，与之香数十两，各取一片如指面许，插笠中曰："方往五灵台山，檀越于文殊前，烧结缘也。"问其咒，曰："《观世音菩萨胃索部》三十卷中《咒土法藏经》具载。"即诵一遍。问："何为如此灵？"曰："但人心念不一，若念一，则灵尔。"又问："贾生所遭何物也？"曰："何必问哉，神耶、鬼耶、精魅耶、狐妖耶，此咒土皆可令去也。若爱欲缠缚，见造业而死，堕落其间，盖头下迎来者，非某咒土法所能了，诸官善思之。"闻者悚然，即邀上堂，食毕揖辞，以腰抵柱，系包戴笠而去。后月余，贾生亦渐安，其友问之，曰："自初教化钱，每夕一奇妇人施我百金，转盼与我言。至第五夜，意愈密，并得一钱篋，篋中有片纸书，约以城西张园之后小圃中相见，或有问者，第云表兄则善。此乃我塑旦独往时也。既赴约，至园，有小圃，中见从卫如郡府吏，呵止之，答以'表兄'，乃径入宇内，与此妇人相见。置酒，姿态绝出，神仙中恐无有也，且约翌日天清寺僧房款昵。自是惑之，朝暮往来，或相逐亦与世人无异。比归，更不念世间可乐者，相随亦来，乡中每人作法禁咒时，亦不去，但以手画圈相围我及渠曰：'彼如我们何？'衣服饮食珍丽，颜色则世所未见，人间亦无有也。"噫！道清之言贤哉。人之为贾病遇道清，亦奉佛施药之报者也。

　　贾生字显之，所谓友则同郡之许颢彦周是也。其后先太史于《大藏》中检得《胃索经》咒，今亦藏之于家也。

玉 条 脱

　　大桶张氏者，以财雄长京师。凡富人以钱委人，权其子而其半，谓之行钱，富人视行钱如部曲也。或过行钱之家，其人设特位置酒，妇人出劝，主人反立侍，富人逊谢，强令坐，再三乃敢就宾位，其谨如此。张氏子年少，父母死，主家事，未娶，因祠州西灌口神，归过其行钱孙助教家。孙置酒，张勉令坐。孙氏未嫁女出劝酒，其女方笄矣，容色绝世。张目之曰："我欲娶为妇。"孙惶恐曰："不可。"张曰："愿必得之。"言益确。孙曰："予，公之家奴也，奴为郎主丈人，邻里笑怪。"张曰："不然，我自欲之，盖烦其女为我主管少钱物耳，岂敢相仆隶也。且于皇法无碍，如我资产人才为公家之婿，不劳苦相阻也。"孙愈惶恐。张笑曰："言已定矣，不可移易。"张固豪侈，奇衣饬物，即取臂上所带古玉条脱，俾与其女带之，且曰："择日作书纳币也。"饮罢而去。孙之邻里交来贺曰："行为百万财王主人之妇翁，女为百万财主之母矣。"其后张为人所诱，别议其亲，孙念势不匹敌，不敢往问期，而张亦若相忘者。

　　逾年张就婚他族，而孙之女不肯嫁，其母密谕之曰："张已别娶妻矣。"女不对而私自论曰："岂有如此而别娶乎？"父乃复因张与妻祀神回，并邀饮其家，而令女窥之，既去，曰："汝适见其有妻，可以别嫁矣。"女语塞，去房内以被蒙头，少刻遂死。父母哀恸，呼其邻郑三者告之，使治丧具，郑以送丧为业，世所谓仵作行者是也。且曰："小口死勿停丧，就今日穴壁出瘗之。"告郑以致死之由，且语且哭。郑办丧具至，见其臂古玉条脱，时值数十万钱，郑心利之，乃曰："某有一园在西。"孙谢之曰："良善而便也，当厚相酬。"号恸不忍视，急挥去之，即与亲族往送其殡而归。郑盖利其独瘗己园中也。半夜月明，郑发棺欲取玉条脱，女压然而起曰："此何处也？"顾见郑，曰："我何故在此？"女自幼亦识郑面目，郑乃畏其事彰而以言恐之曰："汝父怒汝不肯嫁，而张氏为念若辱其门户，使我生埋汝于此，我实不忍，乃私发棺而汝果生。"女曰："第送还父母，勿恤其他。""若送汝归家，汝还定死，我亦

得罪矣。"女乃久之曰:"惟汝所听。"郑即匿之它处,以为己妻,完其殡
而徙居来州。郑有母,亦喜其子之有妇,彼小人不暇问所从来也。积
数年无子,每言张氏,辄恨怒忿恚如欲往扣问者,郑每劝且防闲之甚。

　　至崇宁元年,钦成上仙治园陵,郑差往永安,临行告其母勿令其
妇出游。居一日,郑之母昼睡,孙氏女出僦马直诣张氏门,语其仆曰:
"孙氏几女欲见某人。"其仆往通之,张且惊且怒,以仆为戏己,骂曰:
"贼奴侮我耶? 谁教汝如此?"其仆曰:"实有之。"张与其仆俱往视之。
孙氏见张,跳踉而前,曳其衣。其仆以妇人女子不敢往解。张认以为
鬼,惊避退走,而持之益急,乃擘其手,手且破,血流,推去之,仆地而
死。僦马者怪其不出,恐累于己,往报郑家,推求得郑母,曰:"我子妇
也。"诉之有司,因追取郑对狱具伏。已而园陵复土,郑之发塚等罪止
于流,以赦得原。而张实伤而杀之,杂死罪也。虽奏获贷,犹杖脊,竟
忧畏死狱中。困果冤对有如此哉! 是时吴拭顾道尹京云以上二事。

　　许彦周云:又政和中,外祖空青先生曾公公衮摄守丹阳,属邑丹
徒县主簿李某者,以漕檄往湖州境内,方由郡中差二小吏徐璋、蔡禋
者,以补驱使。既至境,休于郊外之观音院。僧室之邻有小房,扃锁
颇密,二吏窃窥之,有画女子之像甚美,张于壁下,设供养之属。二人
私自谓曰:"吾遭逆旅,得有若彼者来为一笑,何幸?"偶询院中僧,云:
"郡人张姓者,今为明州象山令,此即其长妇。死,殡于房中地下,画
其像,岁时祀之也。"是夕,蔡禋者寐未熟,忽见女子褰帏而入,谓禋
曰:"若尝有意属于我,故来奉子之周旋,幸勿以语人,及勿以怪而疑
惧焉。"禋欣然领其意,自此与璋异榻,每夕即至,相与甚欢,如此者逾
月。二吏以行囊告竭,告于主簿者,主簿曰:"璋善笔札,吾不可阙。
禋可行也。"是夜妇女者来语禋曰:"闻子欲归,何也?"禋告以故。妇
人曰:"吾有金钗遗子,可货之足以稍济,幸无往也。"言毕于鬓间取钗
与之。禋诣铺中售之得钱万六千文以归,绐谓璋曰:"我适入城遇亲
人,惠然见假,勿须言归也。"璋嘿然,念我二人者同居里巷,岂有乡人
而己不识者,且闻禋夜若与女子窃语,他时事露,宁不自累? 由此每
夕伺之。一日,天欲晓,果见妇人下自禋榻。璋急向前掩之,仆于地,
若初死状,衣冠俨然。二吏大惊,诘问,亟以告。主簿者属之寺僧谨

视之,拘系二吏于狱,诘问,并无异词。遂牒象山令,令其家人共发棺视之,已空矣。及往铺索其金钗验之,诚张死时所带者也。二吏遂得释,未几还丹阳,皆以惊忧得疾,不久而殂。仲舅目睹。与张氏事相类,并录于此云。

申 天 规

熙宁中,有大理寺丞申天规者,请于朝,自言本农家,父好道,从方外之士游,天规十余岁时,忽□去其家,不知所适。至天规登第唱名出东华门,忽于稠人中见之,庆其登科,设拜方起,遂不复见。又累年任江南一县令,考满造朝,遇之道中,忽隔水呼天规,亟渡河见之,拜起欲语,又失所在。既更秩,乞解官给朝假,以访之,然不可得也。元丰末,先祖任武陵令,暇中游桃源观,中有道人潇洒不凡,言语有理趣,因询其姓,即申天规之父也。翌日,遣人邀之,则已告去。时天规已自老矣,计其父寿将已逾百岁矣。后见马子约云:“申父名交,其姻家也。”

刘 快 活

刘快活者,名信,本兵也。滕章敏知池州,因捕逃卒得于九华山,自言有公据放停。滕章敏取视之,乃周显德间所给,章敏惊异之。已而扣之,果有道者,虚堂以舍焉。时章敏坐妖言被谴,不敢久留,因遣人送之王荆公。荆公与之言甚契,然不肯为之留,又以属之曾文肃。文肃馆于家者凡十余年。每酣饮,必大呼连唱“快活”二字,故人以此目焉。文肃事之如神。文肃守河阳,忽感便血,气绝不复苏,夫人泣请于刘。刘曰:“若将酒一斗与苏合香丸二两与我。”信既得之,酒与药一引而尽,与文肃公入密室经夕,天欲晓,亟叫“快活”数声,家人竞起视之,则文肃起居已如常矣。问之,但云:“过此更寿一纪,位登台衮。”询之它,皆不言。文肃登庸登第后,出镇朱方,舟次南都,忽告别,语文肃曰:“不能远适矣。”文肃颇解其意,亦不强留。既去之后,不久,而文肃果南还。后不知所终。

毛　女

蔡元长自长安易镇四川,道出华山,旧闻毛女之异,一见向晚,从者见岳庙烧纸钱炉中有物甚异,以告元长,亟往视之,乃一妇人也。遍身皆毛,色如绀碧而发如漆,目光射人,顾元长曰:"万不为有余,一不为不足。"言讫而去,其疾如飞。既至成都,命追写其像以祀之。元长亲语先太史如此,并橅其像见遗。

范　竑　父

范竑父镗,少年漂泊,尝徒步过豫章村落中,日高未得食,至一山寺。有僧梦黑龙绕其居,既觉,闲步出户,见有穷士凄然坐于山门,僧邀入,解榻推食以待之,且问其所向。竑父曰:"某赴开封试,途穷不能前,奈何!"僧乃倾囊以济其行,其徒且笑且排之。是岁首荐,明年登科,后以龙图阁学士帅江西。其僧尚在,竑父厚报之。仲舅云。

张　夫　人

张子龙妙龄甲科中第。乡里宗氏,衣冠望族也,有女始笄,色冠一时,裔以为婿。成礼之后,张虽少年文采,驰誉当世,而宗常有不足之色,坐是琴瑟不甚洽浃。张任太学博士,宗忽告曰:"吾某处之神也,尝以过,罚为人之室。岁满合归,幸毋以为念,子行亦光显矣。然有三事嘱子:吾平时与子不甚叶,吾没之后,父母必来问吾既死之状,慎勿揭吾面帛。其次,毋再娶。又其次,吾有二婢,人物不至陋,他日足以区处子之家事,勿令去。苟背吾言,吾将祸子不得其死。"言毕而逝。已而宗父母果来,张告以此,翁媪益疑焉,竟启视之,乃如所画夜叉,若将起撄人状,众惧而急覆之。未几,擢侍从,益贵幸。一日登对,徽考语之曰:"卿妇死数年,为何尚未娶?枢密邓洵仁女甚美且贤,知经术,尝随其母入禁中,宫女呼为邓五经,朕当为卿娶之。"张力辞以他,不可,已而言定邓氏。邓氏欲逐其二婢,张亦不得已又去之。合卺之夜,夫妇方结发,忽火起床下,帏幔俱烬。翌日,张奏厕,见故妻如死后状,前搏子龙,遂残其势,自是张遂不能为人。靖康末,竟以失节窜湘中,已而赐死于家。<small>姚令声云。</small>

<h2 style="text-align:center">水　太　尉</h2>

大观中,李遹字夷旷,公择之子也,为湖北提举学事司勾当公事。尝以职事至沔鄂之间。湖外地广而传舍每远,稍舍之则食宿皆无所向。一日晚,将次一驿,遣健步卒先令往占,以备夕泊之所。比至,则厅事尽以青布幕之,中挂一牌曰"水太尉占"而外无从者可询,遂急回以告夷旷。夷旷曰:"舍此将何之? 不若就歇其廊庑,为一宵之计。"既至,果然。夷旷意以谓必中人之衔,密命从者漫往谒之,投刺子于幕外。独有一灯擎挂幕上,久之始有人自幕中取刺子以入,若女子声曰:"暂坐,少顷出矣。"又闻其内多婢妾怩忸之言,四方之音毕备,间有诮让之词,以谓谒客者来何暮,是欲逐我辈使去此耳。夷旷徘徊既久,又不欲遽退,忽一髫角少年衣青衣,状若世所塑勾芒神,一手持球杖,一手牵一物似犬而高,似羊无角。闻空中喝云:"揖太尉,揖!"夷旷俯首应之,答喏者即其人也。惊骇之次,引丽人数十辈疾趋而出,布幕灯檠悉不复见。既迁入正寝,但见淆核满地而已,他无所睹。

<h2 style="text-align:center">江　彦　文</h2>

江纬彦文,少年美风仪,尝得瘵疾,医莫能疗。有道人教之休粮、不语、不衣,令入中岳观,但以木叶蔽体。如是者三载,观中道士以为奇货,每月游客必引令观之,号为仙人焉。疾既愈,还家温旧业。元符初,上书陈大中至正之道于朝廷,上召见,赐进士出身,为太学录,陆师农以女妻之。自此晋用,既有妻妾。因与同舍郎通家,一日坐间,各言微异事,郎之妻曰:"顷在室日,父母携游嵩山,尝得睹神仙于

观中,今画像似之。"彦文令取视之,即己像也,因言其事,坐间之人莫不大笑。陆务观云。

淮 南 道 士

淮南山有道士善《易》术,知休咎,学者多从之。一日,有门人造其舍,道士忽愀然不乐,曰:"早筮卦得《乾》之《离》,九三爻动,其词曰:'焚如,死如,弃如。'不知何祥耶?"门生才下山,有盗过其居,掠其所有,杀人投尸江中,火其居而去。

周 宪 之

周武仲宪之,初登第为淮南一尉。近村一寺,每遇宪之来,必洒扫迎谒甚恭,如是数四。一日,宪之再到,则寂然非复如前日。宪之讶之,诘其故。云:"寺中有老僧,每遇公将至,必梦山神戒令预治道,云候相公之来。前夕,忽梦云公以某事受贿若干,致被阴谴,禄算俱将尽,以此不复来告矣。"宪之惊悸,愕然亟归,却其所遗,命僧祷于神。后数月,再梦于僧曰:"吾尝为询之,受而能悔,情亦可矜,镌寿一纪,官爵减半。"后果止于御史中丞。

赵 诜 之

徽考朝,有宗室诜之者,自南京来赴春试。暇日步郊外,过一尼院,极幽寂,见老尼持诵,独行廊下,指西隅谓之曰:"此间有大佳处,往一观否?"生从其言。但废屋数间,芜秽不治。有碑一所甚高,亦复残缺。生试以手抚之,碑忽洞开若门宇。生试入,视之则皆非世所睹也。楼观参差,万门千户,世所谓玉宇金屋者皆不足道。香风馥然,有妇人数十,皆国色也。见生迎拜甚恭,生恍然自失。引生登堂,若人间宫殿,金璧罗列粲然,多所不识。有女子西向而坐,方二十余,颜色之美,又大胜前所睹,群妇人皆列侍焉。问生曰:"子岂非赵某乎?

候子久矣。"生愈骇惧。遂命置酒,合乐妙舞更奏,服勤执事并男子,食前方丈,乐声嘹嘹,真钧天之奏也。至夜,遂相与共寝,亦极欢洽。生询其地,答曰:"但知非人间即已,何劳固问,且勿为疑虑可也。"如是留几旬浃。女子忽谓生曰:"外访子甚急,引试亦有日,子须亟归,时见思。"遂命酒作乐,酒罢曰:"此中物虽多,悉非子所可携。玉环一、北珠直系一奉之,以为想思之资。环幸毋弃之,直系可货而用也。"众人送出门,各皆吁嗟挥泪,生亦不自胜情。既出,则身在相国寺三门下,恍如梦觉,但腰间古玉环与北珠直系在焉。亟归,即见同舍与诸仆惊喜曰:"试期甚迩,郎君前何往乎,如是之久耶?"生具以事告。入试罢,与二三子再访,兰若曲廊、残碑宛然,无改如前,但扣之不复开矣;诵经之尼亦复无见,怅然而返。已而下第,货其直系,得钱百余万,古玉环至今犹存。赵生自云。

沈 元 用

沈元用未赴殿试时,忽观卖故物担上有旧书一小帙,问取视之,乃历书也。沈以十余钱买之以归,且试观之终篇。未几廷对策问历数,元用素未始经意,殊惘然。因追思小书所记以对,不复遗忘。策成,与大问悉契,自谓神功,喜不自胜。已而唱名,果擢第一,殆岂偶然哉。

沈 生

沈元用自言与其从兄俱试南宫,共客长安,从兄贫不可言,每仰于元用,忽谓元用曰:"我偶一伎甚妙丽。"约其俱往见之。元用惊曰:"兄穷困如此,何以致之?"兄曰:"我前日偶至某处,有一妇人忽然招我入其家,自言倡也,馆我甚厚,且令我与子俱来,幸同往也。"元用从之,同至东一委巷中,有小宅子一所,门宇甚卑陋,入户则堂宇极雄壮,妇人者人物真绝代也。置酒欢甚,因谓沈兄曰:"闻君未偶,他日中第肯以为汝家妇? 吾家累千金,室无他人,君年亦长矣,使名门贵胄未必能逮我之容与资也，幸君勿以自媒为诮。倘子文战不利，吾亦当别为之图，亦须痛饮而别。"且笑指元用曰："君在此知状者也。"自是沈兄凡客中用度，悉取给于妇人，亦略无倦意，元用亦不时同造。及榜出，元用奏名，兄不预。有日东下，约元用一二客偕往妇人家，一见大怅然，谓沈曰："志愿相违，乃复如此。今夕须尽欢，然后分袂。"系舰酾酒，合樽促席。妇人歌别离之辞以侑觞，酒酣挥泪不止。中夜忽狂风振地，门牖皆开，堂上烛灭，寂无人声。与诸客呼妇人常在家之使者，皆不应。二三子各移坐席相近，战栗而已。至晓，但见各坐一椅子，败屋数间之下，向来所睹悉皆不见。亟走以问邻近，皆曰："某氏之废宅，久无人居，亦未始睹诸君子之往来也。"竟不知何怪云。二事者赵宣明亦所亲闻之于元用者也。

猪 嘴 道 人

宣和初，西京有道人来，行吟跌宕，或负担卖查桃梨杏之属，不常厥居，往往能道人未来事，而无所希求。以其喙长，号曰"猪嘴道人"。居雒甚久，有贾邈、李瓛者以家资豪侈，少年凭藉好客喜事，屡招与饮，至斗酒不乱。

一日，闲步郊外，因谓曰："诸君得无馁乎?"怀中探纸，裹小麦舍于地，如种艺状。顷之，即擢秀骈实，因挽取以手摩，麪纷然而落，汲水和饼，复内怀中，顷取出已焦熟矣! 掷之地中，出火气，然后可食。同行下逮仆隶悉皆累日不饥，二子自此颇敬之。洛人素种桃花，时盛夏，置酒家圃水阁中，曰："我能令小池尽开桃花，杂于荷叶中。"又探怀中取小砾土掷之。酒未半，莲跗冉冉擎桃开花，浮于水面，花叶映带，深为奇绝。乡人亲旧闻之嗟骇竞赏，几旬而后谢。其余奇异悉皆此类。

李之外姻有陈朝议者，自东南罢守，僦居于雒。陈故贵家，后房十余人皆姝绝，而号越珍者，尤出众姬右，亲旧未尝得见。李尝因春游邂逅相遇，与之目成，归家神观骀荡，念虑不已。一日，道人者来谓之曰："子之所志我知之矣，盍从我游乎?"因出城，古社坛屋中取一砾，如指许，云："子以此划壁可也。"李如言试划之，即开去，如一角门，才入，即有曲房绣帐，不知何所。褰帏则越珍方昼寝于中，李惊喜，撼之使觉。越珍亦欣然曰："我前日见君，固知君之在念，然门宇深严，昼日何能至此？"李不告以实，但言间关之状。越珍叹息曰："有心之士哉！"从容小款，备极其欢狎，留信宿方出。因遵旧路，门阆劐然复合，社壁如故，早来方雨时顷矣。道人曰："何遽相忘而不返耶？"因谓曰："划壁之砾在乎？"曰："偶忘之矣。"因呕命李寻之，且曰："子异日欲往，但持此砾如前即至。"自是李欲往即至，缔好甚密，将逾岁矣。后李醉偶道其事于贾，贾且尤欲俱往，道人谓李曰："吾与子缘亦尽矣，子之不自慎，我亦不能安，子其饯我。"饮半揖诸君曰："移园中假山石来。"叱之曰："开门！"及开门，望见楼台屋宇如人间然，道人投身而入，石合如故。其后李往扣社壁不复开矣。后李生以为梦也，遣人物色越珍，道往来之迹，历历皆合。社坛距陈居各在一隅，相去数十里云。朱先生希真语。

张　忠　文

张忠文嵇仲作武官日，差往蜀中，遇道人于逆旅，风骨甚异，熟视嵇仲笑曰："子它日当历清要至二府。"嵇仲以为戏己之辞，问道人："若有何能？"道人云："惟命所试。"嵇仲益笑其大言，谓曰："汝能诗否？"道人请示其题，嵇仲指其所携葫芦令赋之。道人拈笔立成云："莫笑葫芦子，其中天地宽。流金不着暑，裂石岂知寒？拖后寻踪易，吹时觅缝难。从教灰尽却，留与后人看。"言既腾空而去。嵇仲后试换，历小蓬当制宗伯修史，最后知枢密院，悉如道人之言。

林　灵　素

林灵素在徽考朝，既以术动主听，大见信用，威震京师。所居宫在城之外，尝奏上："愿与诸朝士少春容，免拘门禁之文，幸甚。"上可其请。于是先召馆阁之士十余人饮，至夕曰："诸公清夜何以为娱？

仆愿为少致殷勤之欢,幸无形迹。"因曰:"街市倡优悉可呼,然不足以陪君子,但诸公平日属意或尝奉周旋者,千里之内皆能致,第各言其姓氏与夫所居之地,今夕将毕集焉。"诸人以为荒唐缪悠之词,醉中故以所志应之。遂自燕集之所至一竹林中,有堂高极净洁,后有小斋阁十余所,户牖茵屏之属悉备,各令诣其一。更阑之后,凡所言者妇人,皆启户而入,或与之有故者,叙问契阔,及道平时昵语它人不得而闻者皆说焉。安寝至晓,灵素扣户呼曰:"吾非忘矣,可起也。"诸公推枕,惘然恍如梦觉,各不知所以,但相视骇叹而已,因扣之。灵素曰:"此亦末事,诸君幸有识者它日询之可也。"其间有密往之者,则曰:"是夜梦有人召去奉一笑之适。"问其处所言语,无少异也。山阳徐望渭老言其从父公裕,时为秘书丞,亲预其会也。

郑　子　卿

林灵素得幸之后,凡有艺能之人至京师,皆撝匿不以闻之于上,或恐有胜于己者之故也。忽有道人自江南来,年甚少,愿供洒扫之役。会禁中设醮,命道士辈书青词,稍卤莽,灵素躁怒。道人前来曰:"某愿为之。"灵素命吉罍笔墨之属。道人曰:"不须也,将纸来。"但以寻常所用笔倚而写之,众窃怪且笑其不知事体也。俄顷书就,端谨精密,前所未见,灵素固已讶之,自是遇之良厚。凡事过目即解,且度越他人。灵素亦奇而忌之,每戒其徒,遇警跸府临,即勿令出。一日,徽考幸其舍,语及黄白事,叹息以谓未始一遇其人,既而去。道人告灵素曰:"某实有是术,愿先生姑试之。"灵素前已异之,取道像前古铜香炉与之,曰:"汝可以此为银者乎?"道人曰:"甚易耳!"即于腰间小瓢中取药少许,微以手擦之,持以示灵素,则已为黄金矣,银不足道。灵素见之大骇赏,延之上座,少选遂不见,呼之则已逸去。后数日,上幸灵素所居,忽仰视见三清阁牌上有金书小字两行,尝目所不睹。阁既高而牌出飞簷之外,人迹所不能到者,上甚讶之。亟令人缚梯往观,字云:"郑子卿居此两月,不得见上而去。"上即问之,灵素直言其事,且谢不敏。上令取其榜置之禁中,灵素自此眷衰。廉宣仲云。

龙　主

宣和七年元日，有太学生数人，共登丰乐楼会饮。都城楼上酒客坐所，各有小室，谓之"酒阁子"。邻阁有一客，引杯独酌至数斗，浩歌箕踞，旁若无人，衣冠甚伟。诸生异之，因相率与之揖，且邀之共坐。客亦不辞，来前又饮斗余，议论锋出，凡所启问悉出人意表。诸生降问及姓氏。曰主姓龙，弃家访道，随所寓而安之，亦有年矣。诸生因以先生目之，问曰："先生休歇之地可得闻乎？"客曰："在景龙门外某人小邸中安下。诸公翌日幸早至彼，恐差晚则某亦出矣。"诸生中有如期访之者，客果在焉。一室潇然，一榻、一老仆，他无有也。语诸生曰："某亦欲与诸君小款，但逆旅非所宜，某日有暇，幸与前日同席诸公子偕行出郊，为之毕集，某之愿也。"生诺之以告二三子。至日，谒告以往，客复在焉。命老仆携钱数千，出都门外沽酒，市果饵。徜徉一二小圃中欢饮终日，间以经史未通处问之，皆迎刃而解。诸生中有以弧矢自随者，会空中有群雁穿云而过，客取弓调矢，一箭双雁坠地，诸生又惊服。自是，每有暇则访之，客必在焉。一日，俱过新城下，时土木方毕，连楼郁峙，客忽指示诸生曰："不过一岁，此城当毁，虽外城亦然，地皆瓦砾之场。"言讫叹息。时告密者分布闾巷，诸生惶恐，重足周视而不敢答。复引诸生至近郊人稍稀处，曰："幸诸君游既久，亦有以告语者，幸毋忽。"诸生请所以。客曰："胡骑将犯阙，天子当北狩，城破日大雪，天下自此遂乱。诸君毋以升斗之计顾惜弗归，宜各怀亲念家，急出都即可免。不然非某所知，吾亦从此逝矣。"言毕而散。翌早，诸生再访其居将以扣其详，则店媪云："昨夕已告去矣。"诸生以为异也，遂请告，各给长假还里中，后悉如其言。

叔外祖曾台州公永语仆如此云，后观《华严经》中有龙主鸠盘荼王，始悟即其人也。

任　荩　臣

任荩臣者，蜀士也。建炎初，以干出川，泊舟峡口，与同行二三客纵步岸次。有老人衣紫，戴卷云冠，貌甚古雅，揖诸君曰："敝居距此不远，可以暂一枉驾否？"诸君从之，行里余，入栢径，深林茂密，中有大屋三间，如庙宇。老人先入，面南而坐，诸生东西相向，心已疑之。未及语次，见簷上有声如雷，坠下一物，乃铁槽也，大如一船，其中有汤正沸，浮一金紫人，须臾火炽糜烂，诸君大惊，起询老人，则如木偶然，不复应，已而其物复凌空而去，老人始语曰："诸公知所谓无间地狱乎？此即是也，幸毋久住。"诸公急趋以出，不敢回顾，仓惶至舟次，则苍壁万仞，不复有路矣。

虹县良家子

建炎初，李成自下邳寇宿州。或劝成先袭虹县，伺其怠而后取之，成以为然。兵趋虹，虹开壁以纳贼。明年秋，贼将史亮悉勒兵赴宿，攻城陷之。成后军亦杀虹县人以应，横尸数里。有良家子脱死于刃，望见衣冠数人，兵吏悉绀肤朱发，载簿籍随之。良家子瞑目佯死，有吏呼曰："此人何报得脱？"一兵前趋，将挝杀之。吏曰："待检籍视姓名。乃安禄山时，尝为贼军，不杀无辜，俾免兵死。以其曾为贼，令今世预于阵焉。"以上二事蜀僧秀祖云。

祝　舜　俞

祝师龙舜俞，绍兴初，随孟传文为宣抚司属官。自闽中还朝，道出永嘉，偶与二三同官登郡楼避暑。有雪髯褐衣之士先已在焉。因与之语，问其姓氏。云："唐，姓潘，郡人也。尝为舒州教授，挂冠已久。"自言："善知人休咎。"时舜俞将结局奏功，谓必膺异赏，因以己之生月叩之。答曰："子凡事皆缓，此去十年，当上殿，始脱选调，冠豸为卿。自是又须闲十余年作帅,此外不须问也。改官后始有子。"舜俞见其辞夷色庄。议论过人,心甚喜之。翌日,访其居,投刺焉。久之不出,意颇忿其无礼。忽一年少出曰:"公何从而识伯氏?自舒州考满休官后,未尝与人接,今死又十年矣。"舜俞因告以所遇状。其人饮泣,徐曰:"伯氏顷实留心于李虚中之学,某兄弟悉能之。"再求舜俞甲庚占之,与前所言颇合。舜俞是行过剡中,与先太史自言如此。已而赏下,循资而已。其后赐对,再秩入台,迁太府少卿,逾年以论列,奉祠者十载,得郡房陵,迁帅襄阳,以疾复请崇道而归,废于家,其言始验八九矣。潘唐者,实先祖之门生也。

又舜俞之侄协,娶曾氏,仆之从姨也,叔外祖谏坡,元忠之婿。当调官京师,游相蓝,遇官人,骑从甚都,前揖祝,自称:"前澶渊司录钱皞也。亦娶曾氏,子室人之故亲。"意其殷勤。约它日过其居。时谏坡为郎,祝归,因以告之。坡惊曰:"钱郎死已数年,君何从而见之耶?"二事姻旧间多闻之。仙耶?鬼耶?不可致诘。

何 丞 相

何丞相伯通布衣时,与里中一举子俱下第南归,举子至泗州得暴疾不救,权厝于道旁僧舍,丞相每经由,必奠酹之,有年矣。一日,丞相自郎官谒告,焚黄于括苍,假道泗州,暝晦未久,舣舟初定,举子忽通谒于舟次,偶丞相忘之,俾呼来前,劳苦若平生欢,久之始悟其死,乃语之曰:"吾往来于此久矣,今夕忽见访,岂吾禄命将衰殆,不利于吾耶?"举子曰:"不然,前此荷公每来必祭我,我亦屡欲一见公,适多白昼,或夜则烛光烁我,不容进。公今日所用烛乃牛脂为之,我不复惧,故使我能入公船。公自此当亨通矣;位至相府,寿考康宁,举子无与比,幸自爱无它疑。异日使我归骨乡里足矣,此外无所求也。"言毕洒涕呜咽,不自胜情。丞相亦恻然伤之,酌酒以别。遣人迹其后,登岸数步而没。丞相既贵,厚抚其家,俾归葬于里中。何氏子弟,至今每戒人不可以脂烛照夜。

黄　大　夫

闽人黄大夫者，少筮仕作邵武尉，获强犯七人，捕送郡，或疑以为非真者，黄力执其说，竟杀之，用赏更秩，然终身以为慊。中年后，事斗甚谨，遂见形于云间，如是有岁矣。既老病于家，斗日益近。泊至晚，景遂入其室。熟视之非斗也，乃七人披发者，血淋其身。自云："即邵武冤者，前以君福气方盛，虽每现形终未敢近。今君禄将谢，吾将子辩前事于冥间耳！"惶恐扑地，犹能语其子而卒。以上二事，宣仲云。

左　文　琰

台州士人左玶，字文琰，有声场屋。戊辰岁，赴省闱考。试官某者，房中有《周礼》义卷子极佳，立号甚优，将白主文者置之上列，玩味之际，忽假寝于几间。梦中有人谓："此台州进士左玶程文也，合中第久矣，顷因嘱某事受贿五十万，致有枉死者，坐此以获阴谴，减折寿禄，未得登科。然一第之后，其人即死，君幸无取之也。"既寤，且信且疑。如是者凡三日三梦，悉符于前，竟默摈之。泊出院，于落卷中检视，果玶之文，考官甚惊异，后每以语人。玶至王十朋龟龄榜始得解褐，是年即随孙道夫太冲奉使为书状官，死于燕山，亦谓验矣。王夷仲云。

驼　坊　使　臣

顷岁有驼坊使臣夜坐未寐，闻户外有二人偶语云："舍人来日当有万里之役，然遂免此苦，吾将奈何？"复答曰："谏议愿自宽，何戚戚？会当免耳！"其声甚雄。使臣窃窥之，乃二骆驼系庭中。翌日早，有旨下坊中，差骆驼一头载军衣入蜀，乃庭下语者。继闻驼至蜀而死。不知二畜前境何人，而其罚如是之酷耶？

吕 子 原

吕源子原守吉州日，尝令修城，掘土得旧棺一，既异置江中，始得石志于旁，乃昔人父葬其子者。其略曰："后十六甲子，东平公守此郡，吾儿当出而从河伯之游矣。"算术之精有如此者，又知夫世事莫非前定也。仲舅云。

孙 大 中

诸暨举子孙大中，政和中在上庠升补颇高。一夕，忽梦有人谓曰："俟再兴太学，子始及第。"既觉，殊不可晓，连蹇甚久。靖康之乱，成均遂废，至绍兴壬戌再兴贤关，大中复补试入籍，始登第云。薛叔器云。

路 真 官

路时公，字当可，解捕逐鬼物，世人目之曰"路真官"。而荐绅或指为诞妄不信也。建炎间，与先太史同避地婺女时，李倞冲季在焉。冲季常抱疾，邑邑不足，日益癯瘵，非医砭所能疗；试以询，当可每但唯唯而已。冲季因以属先太史曰："岂若有所避而不明以告我乎？公与我厚，试一叩之。"先太史于是访当可以问之。当可曰："固为询之矣，第以费义事制肘。"先太史因以语，冲季蹙额惨怛，久之而言曰："顷岁三舍法行，先人季广实为夔州路提举学士，会诏天下州县学举人，程文中有害道讥切者，专一令学士司检察具名闻奏。时先人既老，且久去词场，所至多以畀某详定。因见忠州一学生费义者，策卷中多言诽谤，至不忍闻。时赵谂事未久，虑蜀中狂人复生，因白大人，奏上其事，始以谓不过重罚，屏斥不齿，足以劝励。既而敕下，窜义海外。视之，乃一村邑陋儒，不识时忌所以然者耳！甚悔，为之怅然，恨累日。继而闻义道死，心每以为慊，亦未尝以语诸人，以此知当可之术未易轻。"仆后因阅宣和徽宗皇帝诏旨,备见费义削章云。

张　中　孚

己未岁,虏人入我河南故地,大将张中孚、中彦兄弟自陕右来朝行在所。道出雒阳建昌宫故基之侧,与二三将士张烛夜饮于邮亭。忽有妇人,衣服奇古,而姿色绝妙,执役来歌于尊前,曰:"晓星明灭,白露点,秋风落叶。故址颓垣,荒烟衰草,溪前宫阙。　长安道上行客,念依旧,名深利切。改变容颜,销磨古今,陇头残月。"中孚兄弟大惊异,诘其所自,不应而去。张仲益所云。

僧　妙　应

僧妙应,能言人未来事,名重上国。吴元中丞相在掖垣日,忽造之,曰:"天下将乱,子作相矣,吾欲南适,俟见子于岭外,吾其死时矣!是时公亦将不免。"言讫而别。宣和末,元中以内禅功,自给事中两月至相位,未逾年即南窜。建炎中,起家为宣抚使,力辞不拜,避地柳州,再与妙应遇。因语之曰:"师之前言验矣。奈何!"与之弈棋,罢,妙应归所寓寺,翌日访之,已蝉蜕矣。未几元中亦薨。僧仲躬云耳。

曾　元　宾

温州平阳县桂岭里东溪人曾元宾者,三子:长曰雄飞、次曰伊仲、季曰长翰。绍兴丁巳夏初,幼子长翰纵走山谷间,睹小青衣容貌奇丽,夷然而前,曰:"真仙欲邀君言少事。"长翰恍惚若惊,从而往之。萦迂行数里,至一林下,异香馥郁,非尘俗比。俄有五女子、二从者拥盖而出,珠珮盛饰,奇容艳妆,世所稀见,真神仙中人也。长翰愈惊其异,勉而问曰:"子为谁乎?"曰:"吾五人者,乃蓬莱岛之真仙也,一曰仁静字德俊、二曰仁粹字德材、三曰仁娇字德懋、四曰仁玉字德全、五曰仁姝字德高。"顾二侍者曰:"此二人乃吾之嫔娥也,曰媚真、曰美真。吾于君家有宿缘,不远万里而来,君之昆季三人久虽当贵,然未有不学而自成者也。吾等博学谈古,无所不至,欲师授汝等昆仲,以未知汝家君可否耳。可以此言白父兄,如其可从,即于汝居之前山顶巅营屋三室,几案之属亦可略备,吾当择日自赴。如不愿从,亦无固必。"言讫辞谢,由故道而去。长翰彷徨不能自存,归告父兄。元宾者欣跃谓众子曰:"果吾家兴焉!"如戒营室,累日而成,三子俟之。一日,果至,命其室曰山堂。仁静作诗戒三子曰:"东晋生华气,儒生颇好闲。所居得山堂,楹槛稍虚宽。森罗对草树,晚暮清阴寒。洒扫布几席,气体粗可安。图书虽非多,亦足侈览观。望令述事业,细大无不完。高出万古表,远穷四海端。于中苟得趣,自可忘寝飡。勉哉二三子,及时张羽翰。毋为玩嬉戏,玩取一笑欢。壮年不重来,光景如流丸。"自后教导日新,规矩峻整,小有违犯亦加棰楚。三人语人曰:"真仙虽日来夜去,某事不敢懈怠,无不知者。"它人罕见其形,但与人杯酌谈笑,或有求文者,但展纸于案,惟闻墨笔削劙之声,俄顷挥翰盈纸。一日,友人张彦忠大夫不信而谒之,得诗曰:"秀仙溪分一石崖,等闲居此象蓬莱。举眸尽是山林趣,何必东都长者来。"又曰:"特承临访索诗篇,无愧高谈振坐前。细柳真风浑秀异,伫膺纶诏赴中天。"又曰:"曾统三军执要权,妖氛扫尽复宁边。盐梅实是和羹手,共贺中兴亿万年。"又曰:"忠心报国不辞难,竭尽英雄险阻间。孽寇生擒如拾芥,未饶三箭定天山。"又林小尹左司乃元宾亲家也,亦谒之,得诗与辞,其余赋论策题不可胜记焉。约自永嘉过会稽,语先太史云在郡所目睹。别后,又录其甥郭汤求彦同所叙云尔,驰寄书中。且云事有不可胜言者,其后不闻。

相　　字

赵元镇、秦会之同作左右相,客言有术者善相字,甚奇,二公令呼来姑试之,各书一"退"字视之。术者熟视久之,曰:"左相行须引去,右相宜在中书。"二公问其故,曰:"左所书日下人远,右书人向日边。"已而果然。赵晋望云。

舒 州 刊 匠

近岁,淮西路漕司下诸州分开圣惠方。而舒州刊匠以左食钱不以时得,不胜忿躁,凡用药物故意令悮,不如本方。忽大雷电,匠者六而震死者四,昭昭不可欺也如此! 苏训直云。

楚 先 觉

廉宣仲布、吕安老祉二人同年生,且极厚善。既中第,闻有楚先觉者,以门术闻都下,二公相率往问卜,各以八字叩之。楚笑曰:"俱新进士耶?"复问姓氏云:"廉君目下又有小喜,不出明年即官中都,然终身官爵止于此矣。吕君后数年始入朝,便须进用。又数年,出而再入,为八座,将不得令终,盖五行全似徐德占也。吕君亡后二十年,廉君始死。"二公以谓一时孟浪之语不足信。未几,宣仲为张子婿,明年以博士徵,已而坐妻党摈不用。安老数年后始被召,遂登言路,未久遭逐,又数年再召,浸为大戎,提师淮西。兵乱,为其下所杀。宣仲虽以疾挂冠,今尚存,距安老之死,殆十八九年矣。术者之言有验如此者,无异于毛十八仙翁也。

又,秦会之初罢右相,居温州日,尝邀街市卖卜者问之。曰:"相公明年再秉钧衡,二十年间位极人臣,古今罕俪。代公位者,永嘉知县沈该也。"其后果然,此尤可怪。宣仲云。

王 子 宣

王藩子宣,宣和间自侍从出帅秦州。一日,境内积雨山崩,令僚属往视之,中有古穴甚大,棺椁悉无,旁有石匣,其内复有白金函,函置剑一口,甚锋利,僚持以献于子宣,子宣甚宝之。未久,子宣以忧去位,服终,复迁兵部尚书。会金人渝盟,京师俶扰,渊圣命子宣督师东南,奉使失指窜海上。时子宣兄鞞得两浙提刑,分袂江表,子宣以是剑赠行，鞑携以之官。治会稽，视事逾年，戎将胡人参婴城判，执鞑于禹迹寺之禅省院。鞑长子素勇敢，闻乱，提此剑以赴难，至贼所犹格杀数人而入，卒为其党所缚，父子俱毙于剑下。人参取以自佩，不旋踵，人参败，剑不知所在。物之为祸有如此者乎。子宣之子钳自云。

汀　州　民

甲戌岁，汀州有村氓入山采薪，小歇树下。旁有一石忽裂开，有老人顶帽衣白，自其中跃出，谓氓曰："观子骨格贵不可言。"因授以衮冕，使氓冠衣之。老人复入，石合如故。氓持以出，示墟中人。有桀黠者识之，遂群集不逞，得数百人，告以符命，推氓为首，剽掠邑镇，未几而败。既就执，有司取其石观之，无以异于它，而衮冕非外方所制，遂戮氓而焚其物。方夷吾云。

淮　南　士　子

顷岁，两淮喋血甫定，有二士子自江南还山阳，视其故业。道由维扬，舍于北门外，日已暮矣。主人者慰藉绸缪，云："是间不洁净，又有盗，不可宿。距此十里，某氏庄极宽雅而尝有备以戒不虞，愿以二马二健仆相随至彼。"士子观其词颇诚，兼其庄旧所熟也，领之而去。主人殷勤惜别，且祝其回。日过夜未半，抵某氏庄，庄夫出迎，云："此地多鬼，胡为夜行？"因告所以，方欲解鞍，觉二仆与马屹然不动，亟跃下取火视之，但见大枯竹二竿，大凳二条而已，即命碎之，后亦无他。王道山云。

玉 照 新 志

[宋] 王明清　撰

汪新森
朱菊如　校点

校 点 说 明

宋王明清著。成书于庆元四年戊午（1198），时年七十三岁。

《玉照新志》以北宋后期的朝野旧闻涉及政治军事等方面为多。反映了北宋朝廷腐败，权臣误国，百姓苦于战火，流离失所的情景。如卷三《胡伟元》条通过对韩世忠的描述，反映出执掌军权者之间的矛盾及其私生活的糜烂。又如卷四《秦桧初擢第》条，记叙秦桧降金并与金人勾结卖国的内幕。书中前人逸著亦占有篇幅。如安尧臣《谏取燕云疏》、李长民《广汴都赋》、姚平仲《拟劫寨破敌露布》等诸篇，皆首见全文于此。又如曾布冯燕《水调歌头》排遍七章，为词谱之所未载，宋大曲之式，于此足以窥见。书中亦有若干神怪迷信的记叙。

《玉照新志》是以清张海鹏《学津讨原》本为底本，对校明钞本，通校了明尚白斋镌、陈眉公订正、沈士龙、沈德先、沈孚先同校本。明钞本现藏上海图书馆，卷首有"礼部员外郎吴郡扬仪校"方章。卷尾有清人吴焘（子冕）眉批云："此宋人稗史也，明杨仪校，抄即其甥莫云卿之笔。"尚白本（上图藏），海盐姚士麟作《尚白斋秘籍叙》云："此刻为友人沈天生及其弟水部白生斋头所藏，亦以不传为虑，爰检小史、学稗诸海所无者，自梁、宋、辽、元至今，凡得二十种，昆季手校，授之剞劂。"

1991年上海古籍出版社出版的《投辖录》、《玉照新志》合刊本中《玉照新志》校点本原系汪新森先生遗稿，此次整理，由朱菊如按《历代笔记小说大观丛书》的体例重新加以整理修订。遗误之处，请读者指正。

目　　录

玉 照 新 志 序

　　庆元戊午，明清得玉照一于友人永嘉鲍子正，色泽温润，制作奇古，真周秦之瑞宝也。又获米南宫书"玉照"二字，因揭寓舍之斗室，屏迹杜门，思索旧闻凡数十则，缀缉之，名曰《玉照新志》。务在直书，初无私意，为善者固可以为韦弦，为恶者又足以为龟鉴。间有奇怪谐谑，亦存乎其中。若夫人祸天刑，则付之无心可也。长至日，汝阴王明清书。

卷第一

　　神庙圣意,锐于图治。熙宁之政,既一切变更法度,开边之议遂兴。洮河成功,梅仙拓地,然后经理西南小羌。韩存宝以弗绩诛,继而永洛大衄,徐禧之徒死之。由是耻于用兵,上亦郁陶成疾。元祐初政,庙堂诸公共议,捐其所取。绍圣、崇宁绍述之说举,窜逐弃地之柄臣,取青唐,进筑湟鄯银夏。至童贯、蔡攸乃启燕云之役,驯至靖康之祸,悉本二子绍述。思之令人痛心疾首。

　　元祐党人,天下后世莫不推尊之。绍圣所定止七十三人,至蔡元长当国,凡所背己者皆著其间,殆至三百九人,皆石刻姓名颁行天下。其中愚智溷淆,不可分别,至于前日诋訾元祐之政者,亦获厕名矣,唯有识讲论之熟者,始能辨之。然而祸根实基于元祐嫉恶太甚焉。吕汲公、梁况之、刘器之定王介甫亲党吕吉甫、章子厚而下三十人,蔡持正亲党安厚卿、曾子宣而下六十人,榜之朝堂。范淳父上疏以为奸厥渠魁,胁从罔治。范忠宣太息语同列曰:“吾辈将不免矣!”后来时事既变,章子厚建元祐党,果如忠宣之言。大抵皆出于士大夫报复,而卒使国家受其咎,悲夫!

　　元祐初修《神宗实录》,秉笔者极天下之文人,如黄、秦、晁、张是也,故词采粲然,高出前代。绍圣初,邓圣求、蔡元长上章,指以为谤史,乞行重修。盖旧文多取司马文正公《涑水纪闻》,如韩、富、欧阳诸公传,及叙刘永年家世载徐德占母事,王文公之诋永年、常山,吕正献之评曾南丰、邵安简借书多不还,陈秀公母贱之类,所引甚多。至新史,于是《裕陵实录》皆以朱笔抹之,且究问前日史臣,悉行迁斥,尽取王荆公《日录》无遗,以删修焉,号“朱墨本”,陈莹中上书曾文肃,谓“尊私史而压宗庙”者也。其所从来亦有本焉,览者熟究而考之,当知此言不诬。

　　绍兴庚申,金人以河南故地归我,诏以孟富文庾为东京留守,富文辟毕少董良史以自随。未几,金败盟,少董身陷伪地者累年。尝于相国寺鬻故书处，得《熙丰日历》残帙数叶，无复伦序。少董南归，出以相示，于是缉其可以传信者凡八条，今录于编，亦有已见《裕陵实录》中者，并存之。

云中书札子：度支员外郎、充龙图待制，秦凤路经略安抚使吕大防奏："伏见本路凤翔府寄居著作佐郎、前崇文院校书郎张载，学术精深，性资方毅，昨因得告寻医，未蒙朝廷召命，义难自进，老于田间，众所共惜。臣未敢别乞朝廷任使，欲望圣慈，且令召还书馆旧职。有不如臣所举，甘坐罔上不忠之罪。候敕旨。"奉圣旨依奏，许朝参，令发来赴阙，依旧供职。

又云中书省札子：已降敕旨，奉使高丽船，第一只赐号凌虚致远安济神舟，第二只赐号灵飞顺济神舟。右奉圣旨。额且令御书院如法书写，一面疾速入急递至明州交割，及本州制造牌额安排。所有敕牒，令安焘等收掌。

又云均州奏：为本州编管、前漳州军事判官练亨甫，逐次与兄练劼、弟练冲甫往女弟子鲁丽华家逾滥。后收养在宝林院郭和尚房下，令求食。因探见鲁丽华与百姓王九在店饮酒，唤归寺，殴打鲁丽华。致乐营将申举，已送司理院照对去讫。奏闻。

又云晋州奏：据雄州防御推官、知秀州崇德县事、充晋州州学教授陆长愈状，欲乞令今后春秋释奠，并以兖邹二公配享。如允所请，乞即下礼部定夺次序立式，伏乞备录闻奏。州司所据陆长愈状奏闻，候敕旨。寻下太常寺定夺申部，今据本寺状看详："先圣文宣王以先师颜子配享，及以次从祀，皆其门弟子也。孟子知道，固当知尊礼，然与孔子异代，难与颜子并行配享之礼，所请难议施行。"申部看详："太常寺所定未得允当。古者配享及从祀，但取著德立功，其道有以相成者，不必皆用同时之人，如蜡之祭也，主先啬而祭司啬，先农之配，即以后稷神。勾芒为少昊氏之子，祝融为高辛氏火正，今春秋之祭，则勾芒配伏羲、祝融、大庭，迎气之日，又为从祀，是异代之人得为配祀明矣。唐贞观二十一年，诏伏胜、高堂生、杜预、范宁之徒二十一贤，与颜子俱配享孔子庙堂，至今犹为从祀。孟子于孔圣之门，当在颜子之列。至荀况、扬雄、韩愈皆发明先圣之道，有益学者，久未配享，诚为阙典。伏请自今春秋释奠，以邹国公孟子配享文宣王，设位于兖国公之次；所有荀况、扬雄、韩愈，并以世次先后，祀于左丘明等二十一贤之间。所贵上称圣朝褒崇儒贤、备修祀典之意。谨录奏闻，伏候敕旨。"帖捡会左丘明至范宁等二十一人并封伯爵。如允所请，即乞荀况、扬雄、韩愈并加封爵。自国子监及天下，至圣文宣王庙皆塑邹国公像，其冠服同兖国公。仍画荀况等像于从祀之列，荀况在左丘明之下，扬雄在刘向之下，韩愈在范宁之下，冠服皆从封爵。奉圣旨依。

又云敕下江东转运司断："太中大夫、充龙图阁待制、知江宁府陈绎为前知广州日，将造到公使库檀木观音，将松木观音换檀木观音入己；并将公使钱籴粮喂饲自己白鹇等；并役使土丁枪手修筑廨宇内地基；及并将官乳香于神寺独自焚烧，并申奏辨明所犯虚诈，及取勘时逐次虚妄等罪。并男承务郎、新差汝州洛南稻田务陈彦辅，役使广州军人织造木绵生活等罪，并取勘虚妄；并将仕郎、试国子监四门助教郭应之于广州公使库受供给，与陈绎管勾宅库，买物亏价。陈绎合追见在太中大夫，旧官谏议大夫、龙图阁待制。或以职当徒一年勒停，缘前项轻罪内犯盗赃一匹，仍令准例追毁出身以来诰敕文字，除名勒停。放陈彦辅各从杖一百。私罪上定断罚铜十斤。放郭应之该赦。"奉敕并依断，内陈绎特免除名勒停，落龙图阁待制，仍追一官，差知建昌军替郑琰成资过满阙，陈彦辅特冲替。

又云王安石札子奏："幸遭圣运，超拔等夷，知奖眷怜，逮兼父子，戴天负地，感涕难胜。顾迫衰残，縻捐何补，不胜蝼蚁微愿，以臣今所居江宁府上元县园屋为僧寺一所，永远祝延圣寿。如蒙矜许，特赐名额，广昭希旷，荣遇一时，仰凭威神，誓报无已。取进止。"奉圣旨，依所乞，以报本禅寺为名额。其中载练亨甫事，亨甫以知经术驰名熙宁间，为王荆公之高弟，而所坐乃尔，殊不可晓。又恐在谪籍，一时官吏迎合观望，如秦少游，未可知耳。

章圣朝，种明逸抗疏辞归终南旧隐。上命设宴禁中，令廷臣赋诗以宠其行。独翰林学士杜镐辞以素不习诗，诵《北山移文》一遍。明逸不怿，云："野人焉知大丈夫之出处哉？"熙宁中，王荆公进用时，有王介中甫者，以诗诋之云："草庐三顾动幽蛰，蕙帐一空生晓寒。"荆公不以为忤,但赋绝句云:"莫向空山觅旧题,野人休诵《北山移》。丈夫出处非无意,猿鹤从来不自知。"盖取于此。中甫三衢人也,昭陵时中制科,仕裕陵为从官。子沆之彦允、汉之彦周、涣之彦昭、沩之彦楚,皆近世名卿,今家居京口。

熙宁中,有太庙斋郎姜适者,淄川人,枢密遵之孙。尝从开封府觅举,还乡途中,有平舆数乘,每相先后,初亦不暇问之,既抵里中,乃径趋其家。适出询之。有妇人焉,颜色绝代,方二十余,语适曰:"吾来为汝家妇。"适曰:"吾纳室久矣,岂容他人?"妇云:"使足下自有妻,我愿妾御无悔。"反覆酬酢久之。适知其怪,然势不容拒,遂以廊庑间空屋数楹处之,徐观其变。妇者亦有使令,自置烟爨,烹鱼饮食,无异常人,略无毫发之扰,亦不与之讲男女之好也。既无从诘其来历,但合门畏惧而已。积是逾年,人情相与亦颇稔熟。忽有道人直造舍,妇一见掩袂大哭。道人者语适云:"子倘不遇我,祸有不可言者。此妇人剑仙也,始与其夫亦甚和鸣,终乃反目。妇易形外避,其夫访于天下,今将迹至君家来杀此妇,并及君焉。吾先知之,万里来救君命。今夕必有异,子但闭目勿开,安以待之,可保无虞。"是夜三鼓后,忽窗中划然有声,见二剑自空飞入。适如其言,瞑目安坐。少焉二剑盘旋于适头之前后。天将晓矣,忽闻喝声甚厉,云:"可启观!"即早来之道人也。下视之,有人首一,血流满地。道人曰:"可贺矣。"腰间瓢中取药一捻布之,血化为白水,人首与道人俱不见。次日,妇人亦辞谢而去。适自此神气秀爽,不复以利名萦心。屏妻子,常往来鄂杜之间,以药饵、符水疗人之疾,数见奇效,时人敬之。其后孙处恭安礼所言如此。安礼君子人也,所言必不妄。

明清近观《熙丰起居注》云:元丰四年,慈圣光献皇后上仙,裕陵追慕至忘寝食。适诣阙上言,能使返魂,上亦信之,使试其术。且载其施行云:"太庙斋郎姜适进状,称系虞部郎中正观之子,光禄寺丞纬之侄,为学道休官,有法,能致太皇太后复生。诏差御药院李舜举,传宣中书、密院两府南厅聚询,本人称限六十日内当如其所陈。于京师城西金明池内修坛作醮,差御药监及宣使赐净衣一套。至期无验,复诘之,云:'太后方与仁宗凭玉阑干,赏千树梅花,无意复思人间。'上以狂妄除名,送秀州编管,后不知所终。"

元祐四年,东坡先生自翰苑出牧钱塘,道由毗陵之洛社。时孙仲益之父教村童于野市茅檐之下,仲益方七八岁,立于岸侧。东坡望见,奇之,呼来前与语,果不凡,询其所学,方为七字对矣。与之题云"衡茅稚子瑶玙器",仲益随声应之云:"翰苑仙人锦绣肠。"大加赏叹,赠之以缣酒,嘱其父善视之,后来果为斯文之主盟。

赵谂者,其先本出西南夷獠,戕其族党来降,赐以国姓。至谂,不量其力,乃与其党李造、贾时成等宣言,欲除君侧之奸,词语颇肆狂悖,然初无弄兵之谋。建中靖国时事既变,谂亦幡然息心,来京师注官。时曾文肃当国,一见,奇其才而荐之,擢国子博士。谂谒告,省其父母于蜀中。其徒句群以前事告变,狱就,遂以反逆伏诛,父母妻子悉皆流窜。改其乡里渝州为恭州。文肃亦坐责。告词略云"逮求可用之才,辄荐逆谋之首"是也。究其始,止由狷忿妄作,遂至杀身覆宗,百世之下永负寇盗之名,学者亦当以轻剽为戒焉。

明清每阅《唐史》甘露事,未尝不流涕也。嗟夫!士大夫处昏庸之世,不幸罹此,后来无人别白,可恨!近观《续皇王宝运录》云:"僖宗光启四年正月诏云:'大和九年,故宰相王涯以下十七家,并见陷逆名,本承密旨,遂令忠愤终被冤诬,六十余年幽枉无诉。宜沾沛泽,用慰泉扃,并与洗雪,各复官爵,兼访其子孙与官。'"使衔冤之魂,亦伸眉于九原矣!惜乎刘昫、宋景文、欧阳文忠不见此书,载之于新、旧唐史,殊为阙文。如褒赠常濬、孟昭图二人之文亦其时,已见之洪景卢《容斋三笔》,不复重录。

明清家昔有卢载《范阳家志》一书,叙其祖多逊行事之详,为陆务观假去,因循不曾往索,尚能仿佛记其二三。一则云:多逊素与李孟雍穆厚善。多逊窜逐后,万里相望,声迹眇绝。时法禁严,邸报不至海外。一日,忽赦书至,后有"参知政事李"。多逊云:"此必孟雍,若登政府,吾必北辕。"戒舍人僦装,已而果移容州团练副使。未渡巨浸间,忽见江南李后主,衣冠如平生,问云:"相公何以至此?"多逊云:"屈。"后主斥之云:"汝屈何如我屈!"由是感疾而殂。又多逊门下士有种英、苏冠者,平生最器重之。得罪后,宾客云散,独英、冠二人徒步送抵天涯而还。英后易名放，即明逸。冠易名易简，魁天下，为参知政事。

本朝有两张先，皆字子野：一则枢密副使逊之孙，与欧阳文忠同在洛阳幕府，其后文忠为作墓志铭，称其"志守端方，临事敢决"者。一乃与东坡先生游，东坡推为前辈，诗中所谓"诗人老去莺莺在，公子归来燕燕忙"，能为乐府，号张三影者。有两苏世美：一东坡作哀词者，一苏丞相子名京，二人皆知名士也。

王子高遇芙蓉仙人事，举世皆知之。子高初名迥，后以传其词遍国中，于是改名蘧，易字子开。与苏、黄游甚稔，见于尺牍。东坡先生又作《芙蓉城诗》云："决别之时，芙蓉授神丹一粒，告曰：'无戚戚，后当偕老于澄江之上。'"初所未喻。子开时方十八九，已而结婚向氏，十年而鳏居。年四十，再娶江阴巨室之女，方二十矣。合卺之后，视其妻则倩盼冶容，修短合度，与前所遇无纤毫之异。询以前语，则惘然莫晓。而澄江，江阴之里名也。子开由是遂为澄江人焉。服其丹，年八十余，康强无疾。明清壬午岁，从外舅帅淮西，子开之孙明之谏在幕府，相与游从，每以见语如此。此事与《云溪友议》玉箫事绝相类。子开，赵州人，忠穆骃之孙，虞部员外郎正路之子。仕至中散大夫，晚归守濡须，祠堂在焉。贺方回为子开挽诗词云："我昔官房子，尝闻忠穆贤。"又云："和璧终归赵，干将不葬吴。"今乃印在《秦少游集》中，明之子即为和宁也，少游没于元符末，子开大观中犹在，其误明矣。

元符中，饶州举子张生游太学，与东曲妓杨六者好甚密。会张生南宫不利，归，妓欲与之俱，而张不可，约半岁必再至，若渝盟一日，则任其从人。张偶以亲之命，后约几月，始至京师。首访旧游，其邻偻舍者迎谓曰："君非饶州张君乎？六娘每恨君失约，日托我访来期于学舍，其母痛折之而念益切。前三日，母以归洛阳富人张氏，遂偕去矣。临发涕泣，多与我金钱，令候君来，引观故居毕，乃偻后人。"生入观则小楼奥室，欢馆宛然，几榻犹设不动，知其初去，如所言也。生大感怆，不能自持，迹其所向，百计不能知矣。作《雨中花》词，盛传于都下云。或云即知常之子子功焘也。其词云："事往人离，还似暮峡归云,陇上流泉。强分圆镜,枉断哀弦。曾记酒阑歌罢,难忘月底花前。旧携手处,层楼朱户,触目依然。　　从来懒向,绣纬罗帐,镇交比翼文鸳。谁念我,而今清夜,常是孤眠。入户不如飞絮,傍怀争及炉烟。这回休也,一生心事,为尔萦牵。"此得之廉宣仲布所记云。

明清述《挥麈录》,列本朝诸帝以潜藩为军府。今又敬以徽宗诏旨考之,云:政和五年十二月己亥,宣德郎王恬等言:"本贯遂州,按《九域志》,都督府遂州为遂宁郡武信军节度使。元丰八年,陛下初封遂宁郡王。绍圣元年,复以遂宁郡王出阁,与苏、润二州时同而事均。缘本州遂宁县,元符二年,县下慧明院,秋冬间,忽观佛像五次出现,父老咸曰:遂宁佛出。越三年,奉陛下即位,嗣登宝位。此其祥兆,乞改府额。"诏陞为遂宁府。又诏:主上尝封蜀国公,陞蜀州为崇庆府。政和七年十二月壬午,诏以宿州零壁为灵壁县,以真州为仪真郡,通州为静海郡,秀州为嘉兴郡,从《九域图志》所奏请也。《实录》与三州图经及《仪真》、《通州》、《嘉兴》三志皆所不载。明清尝陈于礼部,乞行下逐州照会施行。

是岁十二月甲申,司勋员外郎张大亨奏:"切见朝廷讲读之官,在天子所者谓之侍读、侍讲,而诸王府亦有侍读、侍讲官。不当比拟,称呼相紊,名之不正,孰大于是。太宗皇帝初为韩、冀诸王置侍讲,后有欲为皇族子孙置之。议者以唐文宗改诸王侍讲为奉诸王讲,请以教授为名。从之。且皇族学官,尚不可与王府同称,而王府官岂可同天子讲读之号?"诏诸王府侍讲改为直讲,侍读改为赞读。大亨字嘉甫,一时知名士也。

宣和元年十一月乙未,知温州苏起奏:"臣昨谨将耕藉诏书刻石被以云鹤,安奉厅事。仍行下四县依此施行。自此风雨调顺,禾稼茂盛,既已收获,枯荄又复生穗,每亩得谷一石至七八斗。乞令诸路州县,效此施行。"祐陵览奏不乐,云:"起谄佞一至于此,何以徼在位?其华饰手诏,岂不是相侮!可送吏部。"

陈莹中《谏垣集》言之详矣。削籍于建中靖国。崇宁初,蔡元长召拜同知枢密院事,卒于位,恩数甚渥。后二年,其子郊擢福建转运判官,登对归,与客言:"穆若之容,不合相法,终当有播迁之厄。"客告

其语，遂坐诛。弟邦送涪州编管，处厚亦追贬单州团练副使。具列诏
旨。至重和元年，燕云之伐兴，处厚之侄孙尧臣，以布衣诣京师，扣阍
上书，力陈不可，且极言一时之失，逾万言。永祐御批云："比缘大臣
建议，欲恢复燕云故地，安尧臣远方书生，能陈历代兴衰之迹，达于朕
听，臣僚咸谓毁薄时政，首沮大事，乞行窜殛。朕以承平之久，言路壅
蔽，敢谏之士不当置之典刑，优加爵赏，佥论何私。尧臣崇宁四年已
曾许用处厚遗表恩泽奏补，因处厚责降，遂寝不行。今处厚未尽复旧
官，可特追复正奉大夫，给还遗表恩泽，特先补尧臣承务郎。"此九月
二十二日施行。明清伏读至是，泪落阑干，始知永祐从谏如转圜，而
渊衷初亦知北征为非，特当时大臣，惟务迎合将顺以邀功，不能身任
死争，卒至祸乱，可不痛哉！今尽列尧臣之疏于左：

　　臣观商高宗尝命傅说曰："朝夕纳诲，以辅台德。"说复陈于
王曰："惟木从绳则正，后从谏则圣。后克圣，臣不命其承畴，敢
不祗若王之休命。"臣每读至此，未尝不掩卷太息，以谓天下万
几，一人听断，虽甚忧劳，不能尽善。堂上远于百里，以九重之
深，而欲尽闻四方万里之远，百辟之忠邪贤佞，生民之利害休戚，
顾不难哉。是以帝王之德盛于纳谏，谏行言听则膏泽下于民，天
下同臻于晏然之域，社稷之利也。臣闻陛下临御之初，从谏如
流，尝下求言之诏曰："言而不当，朕不加罪。"于是謇谔之士，冒
昧自竭，咸尽愚衷。而憸人欲杜塞言路，窃弄威柄，乃荧惑陛下，
加以诋诬之罪，遂使陛下负拒谏之谤于天下矣。比年以来，言事
之臣朝奏夕贬，天下之人结舌杜口，以言为讳。乃者，宦寺专命，
交结权臣，共唱北伐之议，思所以蠹国而害民。上自宰执，下至
台谏，曾无一人肯为陛下言者，咸以前事为戒，陛下复何赖焉？
臣愚谓燕云之役兴，则边隙遂开，宦寺之权重，则皇纲不振。此
臣所以日夜为陛下寒心也。臣蝼蚁之微，自顶至踵，不足以膏陛
下之斧钺。倘使上冒天威，必罚无赦，臣虽就死无悔，何惮而不
言哉？愿毕其说以献焉。臣闻中国，内也；四夷，外也。忧在内
者，本也；忧在外者，末也。夫天下无内忧而有外惧，盖自古夷狄
之于中国，有道未必服，无道未必果来。圣人以一身寄于巍巍之

上,安而为太山,危而为累卵,安危之机,不在于夷狄之服叛去来也。有天下国家者,必固本以释末,未尝竭内以事外。虽羁縻制御之不失,徒使为中国之藩篱耳,曷尝与之谋大事、图大功,俾忧生于内也?昔王郁说契丹入塞以牵晋,兵定,人皆以为后患,可不鉴哉!古者夷狄,忧在内不在外。外忧之患,吾能固本以释末,将贤而士勇,随即翦灭,其患不及中原,太山之安,有足恃者。内忧之惧,由吾竭内以事外,邦本凋残,海内虚耗,累卵之危,指日可待。外忧之不去,圣人犹且耻之,内忧而不为之计,臣愚不知天下之所以久安无忧,甚可惧也,陛下亦思之乎?厥今天下之势,危于累卵,奈何陛下不思所以固本之术,委任奸臣,竭生灵膏血,数挑强胡,以取必争之地,使上累圣德,亿兆同忧。且天生北狄,谓之犬戎,投骨于地,狺然而争者,犬之常也。今乃摇尾乞怜,非畏吾也,盖边境之上,未有可乘之衅使之来寇,彼故茫然不以动其心。陛下将启燕云之役,异日唇亡齿寒,边境有可乘之隙,狼子野心,安得不畜其锐而伺吾隙,以逞其所大欲耶?将见四夷交侵,虽有智者不能善其后矣。

昔秦始皇缵累世之余烈,既并六国,南取百粤之地,以为桂林象郡,北筑长城而守藩篱,却匈奴万里。其意非以卫边地而救民死,乃贪利而欲广大也。故功未立而天下叛。汉孝武资累世之积蓄,财力有余,士马强盛,务恢封略,图制匈奴,患其兼徙西国,结党南寇,乃表河曲,列四郡,开玉门,通西域,以断匈奴右臂。师旅之费,不可数计,至于用度不足,算及舟车。因之以凶年寇盗并起,始弃轮台之地,下哀痛之诏,岂非仁圣之所悔哉?宋文帝元嘉中,比西汉文、景,分命诸将,攻略河南,致拓跋瓜步之师,因而国乱。陈宣帝缵业之后,拓土开疆,志大不已,遂有吕梁之败,江左日蹙,力殚财竭,旋为隋氏所灭。隋炀帝恃其富强之资,逞无厌之欲,频出朔方,三驾辽左,旌旗万里,赋敛百出,四海骚然,土崩鱼烂,丧身灭国。唐太宗定海内,时称英主,然而东有辽海之军,西有昆丘之役,师旅数动,百姓疲劳,虽未至于祸乱,然不免有中才庸主之议。明皇开元之际,宇内谧如,边将邀宠，竞图战伐，西陲青海之戍，东北天门之师，碛西怛逻之战，云南渡泸之役，没于异域数十万人。燕寇乘之，天下离溃。是皆贪地穷兵，好功勤远，忽守成持盈之道，不顾劳民之弊。昔者，周宣中兴，猃狁为害，追至太原，及境而止，盖不欲弊中国、怒远夷也。故享国日久，诗人咏其美。孝文专务以德化民，凡有不便，辄弛以利民。匈奴结和亲，后乃背盟入盗，令边备守，不发兵深入，恐劳百姓。是以国富刑清，汉祚日永，天下归仁。孝元亦纳贾捐之之议，弃珠崖之陋，后世以为美谈。东汉建武中，人康俗阜，臧宫、马武请伐匈奴，报曰："舍近谋远者，劳而无功；舍远谋近者，逸而有终。务广地者荒，务广德者强。有其有者安，贪人有者残。"自是，诸将莫敢复言兵事，可谓深达治源者乎。

　　历观前世，虽征讨殊类，时有异同，势有可否，谋有得失，事有成败，然毒蠚四表，疮痍兆姓，未尝不由好大喜功，竭内事外者也。人谓国虽大，好战必亡。故圣人务德不务广土，王者不治夷狄。《春秋》亦内诸夏而外夷狄，非谓中国之力不能制之，以其言语不通，贽币不同，种类乖殊，习俗诡异，居于绝域之外，山河之表，崎岖山谷险阻之地，是以外而不内，疏而不戚，政教不及其人，正朔不加其国，诚不欲竭内以事外也。故樊哙尝愿得十万众横行匈奴中，季布谓其可斩。冯奉世矫诏斩沙车王，宣帝议加爵赏，萧望之谓矫诏违命，虽有功不可为法，恐后奉使者为国家生事。陈汤诛郅支，匡衡劾其矫制而专命。郝灵荃斩默啜，姚崇卢彼邀功者生心。三朝终不加爵赏，抑有由矣。是知古者天子，守在四夷，来则惩而御之，去则备而守之；其慕义而贡献，则接之以礼，羁縻不绝，使曲在彼，乃圣人制御夷狄之常道也。在昔，东胡避李牧，北虏惮郅都，南蛮服孔明，西戎畏郝玼。此四人者，皆明智而忠信，宽厚而爱人，君臣同体，固守边疆，故能威震四夷，胡人不敢南下而牧马，志士不敢弯弓而报怨。或有侥幸一时，为国生事，兴造边隙，邦宪具在，夫何患云。

　　我宋太祖皇帝，拨乱反正，躬擐甲胄，总熊罴之众，当时将相大臣皆所与取天下者，然卒不能下幽、燕两州之残寇，岂勇力智慧不足哉？盖两州之地，犬戎所必争者，不忍使我赤子重困锋镝，乃置而不问。章圣皇帝澶渊之役，以匈奴举国来寇，不得已而与战，既战而胜，乃听其求和，遂与之盟，逡巡引兵而退。盖亦欲固邦本而不忍困民力也明矣。伏愿陛下思祖宗积累之艰，鉴历代君臣之失，永塞边隙，务守景德旧好。选忠信智勇之人，如郐都者，使守险塞，而严军高垒毋战，据关扼险，荷戟而守之，无使夷狄乘间伺隙，窥我中国。上以安宗庙，下以慰生灵，岂不伟欤；臣前所谓燕云之役兴，则边隙遂开者，此也。

臣观自古国家之败，未尝不由宦者专政。当时，时君世主心非不知其然，而因循信任，不能断而驭之。故终至委靡颓弊，倾覆神器，不可支吾而后已。大抵此曹手执帝爵，口衔天宪，则臣下之死生祸福在焉。出入卧内，靡间朝夕，巧于将迎，则君心为之必移。况隆以高爵，分以厚禄，加之信任，以资其威福之权哉。我宋开基太祖皇帝，鉴前代之弊，务行划革，内品供奉不过二十人，徒使供门户洒扫之役。宝元以后，员数倍增，禄廪从优。咸平中，秦翰、雷有终因讨王均之乱，既而有功，授以恩州刺史。自后刘宝信等，初无纤毫之功，咸起侥幸之心，乃攀援二人，遂皆遥领团防刺史，议者否之。继以明道，制命出于帷幄，威福假于宦寺，斜封墨敕，授之匪人，委用渐大，兹风一扇，先朝之典制尽废。当时台谏以死争之，期必行而后已。今乃不然，宦寺之数不知其几，但见腰金袍紫，充满朝廷。处富贵之极，忘分守之严。专想威权，决议中禁，蔽九重之聪明，擅四海之生杀。怀谄谀之心，巧媚曲求者则举而登用，励匪躬之操，直情忤意者则立见排斥。以致中外服从，上下屏气。府第罗列天都，亲族布满丹墀。南金和宝、冰纨雾縠之积，侔于天子；嫔媛侍儿、歌童舞女之玩，僭拟后宫。狗马饰雕文，土木被锦绣。更相援引，同恶相济。一日再赐，一月屡封，爵命极矣，田园广矣，金缯溢矣，奴婢官矣，搢绅、士大夫尽出其门矣，非复向时掖庭永巷之职，闺牗房闼之任矣。皇纲何由而振耶？是以贤才怨讟，志士穷栖，莫此为甚。昔人谓宦者专而国命危，良有以也。

　　臣布衣贱士,无官守言责,不敢纤悉条具,上渎圣听,请以误国之大者言之:童贯起自腐贱,本无智谋,陛下付以兵柄,俾掌典机密。自出师陕右,已弥岁祲,专以欺君罔上为心。虚立城寨,妄报边捷,以为己功;汲引群小,易置将吏,以植私党。交通馈遗,鬻卖官爵,超躐除授,紊乱典常。有自选调,不由举荐而改京秩者;有自行伍,不用资格而得防团者;有放逐田里,不应甄叙而擢登清禁者;有托儒为名,了不知书而任以兰省者。或陵德鲜礼,不通世务,徒以家累亿金,望尘罗拜,公行贿赂而致身青云者,比比皆是;或养骄恃势,不知古今,徒以门高阀贵,摇尾乞怜,侥幸请托而立登要津者,纷纷接踵。一时鲜俪寡廉鲜耻之人,争相慕悦,侵渔百姓,奉其所欲,惟恐居后。《兵法》:"战士冒矢石被伤,生有金帛之赐,死有褒赠之荣。"自兵权归贯,纷更殆尽,战场之卒秋毫无所得,死者又诬以逃亡之罪,赏罚不明,兵气委靡。凯旋未久,秩品已崇,庖人厮卒,扫门执鞭之隶,冒功奏赏,有驯致节钺者,名器一何轻哉! 山西劲卒,贯尽选为亲兵,实以自卫。屯攻战伐之际,他兵躬行阵之劳;振旅班师之后,亲兵冒无功之赏。意果安在? 此天下所共愤,而陛下恬不顾也。贯为将帅,每得内帑金帛以济军须,悉充私藏,乃立军期之法,取偿于州县,依势作威,倚法肆贪,暴赋横敛,民不堪命,将士为之解体。贯方且意气洋洋,自为得计,凶焰傲然。台谏之中,间有刚毅不回之士,爱君忧国,一言议己,则中以危法。遂使天下不敢言而归怨陛下矣。今者中外之人,咸谓贯深结蔡京,同纳燕人李良嗣以为谋主,并倡北伐之议。经营既久,国用匮乏,乃始方田以增常税,均籴以充军储。茶盐之法,朝行暮改,民不奠居。加之以饥馑,迫之以重敛,其势必无以自全。陛下苟能速革其弊,则赤子膏血,不为此曹涸也。今天下之民被兹毒蠹久矣,其贫至矣,养生送死不足之憾亦深矣。

　　昔人谓刻核太至者,必有不肖之心应之焉。臣愚,深恐无常心之民,以刻核太至不能自安,或萌不肖之心,其患有至于不可御者。又况"天视自我民视,天听自我民听"。民之怨气,天心悯焉，非朝廷之福也。刘黄谓："自古宦官领军政，未有不败国丧师者。"其言载之青史，虽愚夫愚妇莫之或非。陛下倘优悠不断，异时祸稔萧墙，奸生帷幄，追悔何及。伏愿陛下廓天日之明，塞阴邪之路，制侵陵迫胁之心，复门户扫除宦寺之役，使安其分可也。臣亦谓宦者乱人之国，其源深于女祸，陛下若昵之，此臣愚所不识也。恭惟陛下以社稷为心，以生灵为念，思祸患于未萌之机，戒其所当戒，更其所当更，自宸衷决而行之，无恤邪论之纷纷。天下幸甚！臣前所谓宦寺之权重，则皇纲不振者，此也。

臣一介草茅，世食陛下之禄，沐浴陛下之膏泽久矣。当此之时，人各隐情，以言为讳。臣独辄吐狂直，上触天威，非不知言出而祸从，计行而身戮。盖痛纪纲之坏，哀生灵之困，变乱将起，社稷将危，忠愤所激，有不能自已者。不识陛下能赦之否？臣闻唐贞观时，有上封事者，或不切事，文皇厌之，欲加黜责，郑公谏曰："古者立谤木欲闻己过，封事其谤木之遗乎！陛下思闻得失当否，咨其所陈言。言而是乎，为朝廷之益；非乎，无损于政。"帝悦，皆劳遣之。今臣惓惓之私，非敢望陛下咨其所陈，□□□采其实而行之，使纳谏之君，不独专美于前代，臣子之至愿也，惟陛下裁之。呜呼！犯颜批鳞者，人臣之尽忠，广览兼听者，圣王之盛德。臣之所以自处者，可谓忠矣；陛下所以处臣者，宜何如焉？愿少缓天诛，庶开忠谠之路，永保无穷之基。倘或不容，身首异处，取笑士类，亦臣所不恤也。

靖康初，尧臣为宣义郎、成都府华阳丞。钦宗亲批云："安尧臣昨所上书，议论慷慨，爱君忧国，出于诚心。可特转奉议郎，除见缺台谏官。"聘书甫下，而尧臣死矣。

卷第二

"蹙破眉峰碧,纤手还重执。镇日相看未足时,便忍使、鸳鸯只。薄暮投村驿,风雨愁通夕。窗外芭蕉窗里人,分明叶上、心头滴。"祐陵亲书其后云:"此词甚佳,不知何人作? 奏来。"盖以询曹组者,今宸翰尚藏其家。

宣和末,禁中讹言祟出,深邃之所有水殿一,游幸之所不到。一日,忽报池面莲花盛开,非常年比。祐陵携嫔御阉宦凡数十人往观之。既至彼,则有妇人俯首凭栏者,若熟寝状。上云:"必是先在此祗候太早,不得眠所以然。"喻左右勿恐之。见其缜发如云,素颈粲玉,呼之,凝然不顾。上讶之,自以所执玉麈微触之,愕然而起。回首乃一男,须髯如棘,面长尺余,两目如电,极为可畏。从驾之人悉皆辟易惊仆,上亦为之失措。逡巡不见,上亟回辇。未几,京城失守,狩于朔方。

明清《挥麈余话》记周美成《瑞鹤仙》事,近于故箧中得先人所叙特为详备,今具载之。美成以待制提举南京鸿庆宫,自杭徙居睦州,梦中作长短句《瑞鹤仙》一阕,既觉犹能全记,了不详其所谓也。未几,青溪贼方腊起,逮其鸱张,方还杭州旧居,而道路兵戈已满,仅得脱死。始入钱塘门,但见杭人仓皇奔避,如蜂屯蚁沸。视落日半在鼓角楼檐间,即词中所谓"斜阳映山落。敛余晖犹恋,孤城栏角"者应矣。当是时,天下承平日久,吴越享安闲之乐,而狂寇啸聚,径自睦州直捣苏杭,声言遂踞二浙。浙人传闻,内外响应,求死不暇。美成旧居既不可往,是日无处得食,饥甚。忽于稠人中有呼"待制何往"者,视之,乡人之侍儿,素所识者也。且曰:"日昃,未必食,能舍车过酒家乎?"美成从之。惊遽间,连引数杯散去,腹枵顿解。乃词中所谓"凌波步弱。过短亭、何用素约。有流莺劝我,重解绣鞍,缓引春酌"之句验矣。饮罢,觉微醉,便耳目惶惑,不敢少留,径出城北,江涨桥诸寺士女已盈满,不能驻足。独一小寺经阁,偶无人,遂宿其上。即词中所谓"上马谁扶,醉眠朱阁"又应矣。既见两浙处处奔避,遂绝江居扬州。未及息肩,而传闻方贼已尽据二浙,将涉江之淮泗。因自计方领南京鸿庆宫,有斋厅可居,乃挈家往焉。则词中所谓"念西园已是,花深无路,东风又恶"之语应矣。至鸿庆未几,以疾卒。则"任流光过了,归来洞天自乐",又应于身后矣。美成平生好作乐府,将死之际,梦中得句,而字字俱应,卒章又验于身后,岂偶然哉!美成之守颍上,与仆相知,其至南京,又以此词见寄,尚不知此词之言,待其死乃尽验如此。

明清《挥麈录》载雍孝闻事颇详。近见荻浦朱去奢云:"孝闻自海外量移池州以卒,尝有诗云:'官田种秫陶元亮,私釜生尘范史云。'至今郡人犹传诵之。"孝闻没后,有和州道士,亡其姓名,冒为孝闻,走江淮间,其才亦不下孝闻。有《吊项羽庙文》云:"无守陵之蕙帐,有照夜之寒釭。"过东坡墓题诗云:"文星落处天地泣,此老已亡吾道穷。才力漫超生仲达,功名犹忌死姚崇。人间便觉无清气,海外何人识古风?平日万篇谁爱惜,六丁收拾在瑶宫。"宣和初,至京师,遂得幸祐陵,谓其人可及林灵素之半,赐姓名朱广汉。至绍兴中犹在,寓会稽之天长观,明清尚及识之。而洪景卢《夷坚志》记其一事云。

郑绅者,京师人,少日以宾赞事政府,坐累被逐,贫窭之甚。妻弃去适他人,一女流落宦寺家,不暇访其生死,日益以困。偶往相监问命于日者,日者惊曰:"后当官隆极品,未论其他,而今已为观察,且喜在今日,君其识焉。"同行侪辈笑且排之。甫出寺门,有快行家者数辈宣召甚急,始知其女已入禁中,得幸九重矣。即除阁门宣赞舍人。未及岁,以女正长秋,得拜廉车。不数年位登师垣,爵封郡王,极其富贵荣宠。妻再适张公缢,夤缘肺腑,亦至正任承宣使。韩髦斯士,郑氏婿也,见语如此。

东坡先生知杭州,马中玉成为浙漕,东坡被召赴阙,中玉席间作词曰:"来时吴会犹残暑,去日武林春已暮。欲知遗爱感人深,洒泪多于江上雨。欢情未举眉先聚,别酒多斟君莫诉。从今宁忍看西湖,抬眼尽成肠断处。"东坡和之,所谓"明朝归路下塘西,不见莺啼花落处"是也。中玉,忠肃亮之子仲甫犹子也。

裕陵初复西边境土，夷人初不知姓氏，询之边人，云："皇帝何姓？"云："姓赵。""皇后何姓？"云："姓向。""大朝直臣为谁人？"云："包枢密拯是也。"于是推其族类，各从其姓。至今有仕于中朝者，然多右列。

明清《挥麈前录》载中书令舍人红鞓，自叶少蕴始。出于姚令威《丛话》。近观孙仲益所作霍端友仁仲《行状》云："以大观元年十一月除通直郎、试中书舍人，赐三品服。故事：三品服角带佩金鱼为饰。一日，徽宗顾见公，谓左右曰：'给、舍等耳，而服色相绝如此。'诏令太中大夫以上，犀带垂鱼，自公始也。"与姚所记少异。

汤举者，处州缙云人，与先人太学同舍生，有才名于宣、政间，登第之后，累任州县，积官至承议郎。居乡邑，以疾不起。举适上课，当迁员外郎，而纶轴未颁。有王令洙者，南都人，文安尧臣之后，为缙云令。告其家云："未须发丧，少俟命下。"举妻惧不敢，令洙力勉之，且为亟遣价疾驰入都，趣取告身，越旬日始到，然后举哀，令洙为保任申郡，遗泽遂沾其子，即进之思退也。后中词科，赐出身，尽历华要，位登元台，震耀一时，亦异事也，故书之。

秦妙观，宣和名倡也，色冠都邑，画工多图其貌，售于外方。陆升之仲高，山阴胜流，词翰俱妙，晚坐秦党，遂废于家。尝语明清曰："顷客临安，雨中见一老妇人，蓬头垢面丐于市，藉檐溜以濯足，泣诉于升之曰：'官人曾闻秦妙观名否？妾即是也。'虽掩抑困悴，而声音举措固自若也。多与之金而遣之去。"仲高言已泪落盈襟，盖自怆其晚年流落不偶，特相似尔。言犹在耳，兴怀太息。

明清《挥麈余话》载李元叔上《广汴都赋》于祐陵，由此进用。近得全篇于其从孙申父直柔，今尽列于后：

　　臣窃惟皇宋艺祖受命，奠都于大梁，于今垂二百载。列圣相承，增饰崇丽，煌煌乎天子之宅，栋宇以来未之有也。昔在元丰中，太学生周邦彦，尝草《汴都赋》奉御神考，遂托国势之重，传播士林。然其所纪述大率略而未备，若乃比岁以来，宫室轮奂之美，礼乐声容之华，则又有所未及。臣愚不才，出入都城十年于兹矣。耳目所闻见，亦粗得其梗概，辄鼓舞阴阳，以鸣国家之盛，因改前赋而推广焉。始则本制作之盛者，分方维而第之，中以帝室皇居之奥，任贤使能之效，而终之以持守，冀备乙览之末。为赋曰：

有博古先生自下国而游上京，遇大梁公子于路，相与问答，倾盖如故，因纵言至于都邑。先生乃援古而证之曰："我闻在昔受命帝王，继天而作，首定厥都，用植诸夏之根本，肇隆亿载之规模。若乃贲饰恢宏之美，概见于《书》；经营先后之次，备载于《礼》。宅中图大，则有姬公之明训；权宜拓制，则自萧公而经始。余不敢高谈羲皇，远举夏商，试即周而陈之。二华对峙，八川交注。褒斜陇首之攸届，函谷二崤之并据。此宗固所都，或假山河之险固，汉高因之而启帝祚焉。孟津后达，大谷前通。导以伊洛瀍涧之泽，控以成皋广武之冲。此成周所都，适当天地之正中，光武因之而成帝功焉。毕昴之次，河冀之津。风俗渐乎虞夏，疆域逮乎齐秦。魏都之爽垲，信无伦也。衡岳镇野，龙川带坰。列戈船于三江，储戎车于石城。吴都之雄壮，信足称也。接壤邛筰，通商滇僰。地蕃竹木之产，民厌稻鱼之食。蜀都之富饶，信无敌也。凡兹都邑之盛，实俪美而争雄。旁睨而论，虽辨若炙辇，继日而莫能穷。"

公子闻之，始若睊眙，已而哂曰："先生于古诚博矣，孰若我目睹汴都之伟观乎？顾其所以设险，则道德之藩，仁义之垣，岂独依于山川？所以建中，则皇极在上，九畴咸若，岂必宅于河雒？其爽垲也，有如上帝清都，神人五城，轶人寰之埃壒，极天下之高明。其雄壮也，有如钩陈羽林，天兵四拱，威震则万物伏，怒刑则四夷竦。其富饶也，有如海涵地负，深厚莫测，追鱼丽之盛多，迈驺虞之蕃殖。彼两汉之杂霸，虽仍于周家之旧墟；三国之鼎峙，虽临乎一方之都会。较而论之于今日，正犹拳石涓水，欲与五岳四渎为比拟，所谓谈何容易！"

先生曰："余生长太平和气中亦既有日，而处于蓬茨之下，无有游观广览之益，骤来神州，恍然似失。目虽骇乎阙庭楼观之丽，而未悉其制作之意；耳虽熟乎声明文物之英，而未究其礼乐之情。子年在英妙,博闻强记,幸为我粲言之。"

公子曰:"仆实不敏,窃闻先进有言。昔自唐室不竞,王纲浸圮,陵夷五季,纷纶四纪。上帝悯斯民之涂炭,眷求一德作之君师。肆我艺祖,应天顺人,出御昌期。若时众大之居,实古大梁之域。在汉则郡,以陈留而命名;在唐则军,以宣武而分额。考其地望,虽卓荦乎诸夏,而川流休气,犹盘礴而郁积。时乎有待,世莫能测。洎梁祖之有作,始建都而画坼。匪梁人之能谋,天实启之;匪天私彼有梁,实兆宋基。观天文分野之次舍,则房心腾其辉,实沈寄其耀,仰星躔之有赫,直皇居而久照。察夫土脉之丰衍,则高者磊砢,下者坎卢,廓陂陀之恺泽,极灌溉之膏腴。语地形之高兮,则自泗而西,涉川上,历滩阳,遂东至于通津,冈阜隐鳞,烟云飞屯,其上郁律,势与天连。语汴渠之驶兮,则自巩而东,达时门,抵宣泽,障洪河之浊流,导温洛之和液,中贯都城,偃若云霓,溯湍悍而不穷,上接云汉之无倪。语雉堞之固,则伟拔金墉,缭以汤池,仰宪太微之象,屹临赤县之畿。语郊闉之壮,则密拱中宸,高映四野。揭华榜以干霄,谨严更而警夜。维是都之建也,虽自于梁,逮艺祖而始兴,至太宗而浸昌,列圣相承,洎于今日。当国家之闲暇,肆乘时而增葺,遂跨三都,越两京,拟二周而抗衡。数其南,则神霄之府,上膺南极。伟殊祥之创见,恍微妙之难测。岁在丁酉,大阐真机,用端命于上帝,而彰信于群黎。爰设定命之符,妙以虫鱼之篆。继乾元之用九,参八宝而垂范。乃严像设,只奉兹宫。俨一殿以居上,总诸天而位中。灵妃上嫔列于西,仙伯天辅列于东。谔谔群卿,峨冠景从。往往名在丹台,而身为世辅。像图孔肖,后先攸序。辟金堂,启玉室,骇宝轮之飞动,森鸾仗之纷饰。其侧乃有元命之殿,实总会乎众福。本始载叶,蕨礼惟穆。馨华封请祝之诚,效《天保》无疆之卜。若夫阳德之建,咸秩火神,于赫荧惑,厥位惟尊,次曰大火,时谓大辰。配曰阏伯,以序而陈。原夫帝业之创,自于宋地,盖乘是德而王天下,饰之灵钰,赤文婀娜,举以示众,遂定区夏。岂必赤伏合信于鄗南之亭,神母告符于丰西之夜。主上承纪,奉祀致严,审辰出戍入之度，有视慈礼明之占。遂维五帝之象夏，体重离而面南。谐祉声于乐府，验朱草于灵篇。火得其性，景貺昭然，瞻彼煌煌，位在南端。历太微以受制，避心星而载旋，相我昌运，于千万年。出南薰，望泰坛，隐若天高，浑若天圆，钦柴于兹，佥曰称焉。先是有司，仍国旧贯，明宫斋庐，悉取缯缣。后洎绍圣，端诚攸建，精意孔昭，礼文弥粢。主上改元之初载，辛巳长至，始亲郊见。逮至癸巳之岁，盖四举兹礼矣。申敕春官，益严祀事。于是规法三代，祭器肇新。躬秉玄圭，天道是循。百官显相，斋戒惟寅。帝登玉辂，皇衢再遵。已而日景晏温，天真降临。衣冠幢节之辉映，彩仗辇辂之参差，岂徒若见于渭阳，而接拜于交门。仰重瞳之四瞩，耸群目而动心。乃辟琳馆，揭号'迎真'。用伸昭报，以福斯民。渡玉津，抵天田，王者之藉，厥亩维千。上春展事，务崇吉蠲，于时农祥晨正，东作是先。载黛耜于玉辂，敞云幄于绀坛，葱犉驯服于广阼之侧，青旗晻霭于黄麾之间。帝御思文，饬躬祷专。屈帝尊以秉耒，勤天步而降轩。三推告毕，贵贱以班，遂播青箱之嘉种，以成高廪之丰年。然后获之桎桎，瑞禾是导。郊庙明堂之大享，亲奉粢盛以致告。岂惟率天下之农而敦本，盖将劝天下之养而教孝。层台岧峣，上观昭回，厥基孔固，下镇地维。仪象一新，于焉具设，上下互映，俯仰并察。天体斯著，辰曜斯列，云鳌上承，金虬四匝。备璇玑玉衡之制，兼冯相保章之法。陋灵台铜浑之规，斥《周髀》宣夜之说。于以观星，则进退伏见，不失其正；于以观云，则分至启闭，各得其应。以候钟律，则清浊之均协；以候晷影，则长短之度称。遂与天地合其德，日月合其明。休征既效，丛祥并膺。至若秘书之建，典籍是藏。法西昆之玉府，萃东壁之灵光。凡微言大义之渊源，秘录幽经之浩博，贯九流，包七略，四部星分，万卷绮错，犀轴牙签，辉耀有烁，金匮石室，载严封钥。或资讨论，则分隶于三馆；或备奏御，则会萃于秘阁。以至字画所传，则妙极六书，巧穷八体，有龟文鸟迹之象，有凤翥龙腾之势。真伪既辨，众美斯备。图画所载，则三祖余范，七圣妙迹。睹名马于曹韩，览古松于韦毕。繄绝艺之入神，骇众观而动色。肇建古文，宏琏丰敞，择一时之英髦，命于焉而涵养。天下歆艳，不啻登瀛洲而隐藏室。名卿巨公，由此涂出。若夫龙津所在，大辟贤关，作庇寒士，今逾百年。勒丰碑以正文字之讹，建华构以藏载籍之传。其中则鼎新大成之庭，寅奉宣圣之祀，象肖尼山，制侔阙里。其配享也，则惟颜孟之亚圣；其从祀也，则多邹鲁之儒士。俨威仪之若存，肃冠裳之有伟。至于庠序学校之教也，首善于京，自熙丰始，乃详备讲说，谨严课诵，规绳以励其行，舍选以作其气。发挥《诗》《书》之奥，顿革声律之弊。尔乃采芑新田，育莪中沚，人才于此乎辈出，圣道因之而不坠。其外则用建原庙，近倣元丰，伻图程度，罔或不同。朱甍相望而特起，缥垣对峙而比崇。界以驰道之广，临乎魏厥之雄。祥烟瑞霭，焕烂蒙笼。大明以奉神考，重光以奉哲宗，父子之亲弥笃，兄弟之义弥隆。届四孟之改律，感节物于春冬。怆衣冠之出游，轸羹墙于帝衷。既进祠于东宫之七殿，御洁诚以致恭。想晬容之如在，备享献而肃雍。参以时王之礼，肆浸盛乎威容。饬兹惟谨，稽首拜颡。牙盘或荐，玉馔惟充。有饛其香，斋诚默通。愿灵心之响答，宜福祚之延洪。乃若中台所寄，众务渊薮，象应乎文昌，运侔乎北斗。四方利害，于是乎上达；三省政令，于是乎下究。爰即西南亢爽之所，度宏基而易旧。太社为之向，西掖直其后。形胜潭潭，不侈不陋。列屋前分，是为六部，自吏泊工位于左，自户泊刑位于右。公庭肃若，百吏辐辏。于是纠以虞舜黜陟之公，辅以周公训迪之悉。黠胥不能措其奸，慢吏不能逃其责。秩秩乎天地四时之联，各率属而分职，有伦有要，有典有则，用能效臂指之相应，总纪纲而并饬。至如天府之雄，统以京尹。民物浩穰于三辅之虚，聚邑列布于千里之轸。风俗枢机，教化原本。当府庭之既徙，肇分曹而务谨。职业斯励，名实斯允。爰择拔烦之才，俾长治于尔寮。南司之俗，坐革循沿之积弊；原庙之近，人无棰楚之喧嚣。遭承平之日久，匪弹压之是务。皇仁如天，万物覆露。矧兹辇毂之下，日薰陶而餍饫。不得已而用刑，每哀矜于桎梏。日无滞讼，岁无留狱。贯索之象既虚，圜扉之草斯鞠。巍巍乎帝王之极功,颂声作而民和睦。尔乃背宜秋,出城阿,神池灵沼,相直匪赊。伊苑囿之非一,聚众芳而骈罗。神木千岁而不凋,仙卉四时而常花。宗生族茂,厥类实多。当青鸟之司开,正条风之暄暖。命啬夫而启禁籞,纵都人而游览。我皇践祚之五载,六飞始御于苑门。盖将顺民心之所乐,达余阳于暮春。指金明而驻跸,观曼衍之星陈。兰挠飞动,采仗缤纷。帝曰:'斯乐,予何敢专!'遂践琼林,宴宝津,零湛露于九重,均裸饮于群臣。修先朝之故事,张太侯以示民。于以戒不虞于平世,励武志而弥勤。其北则营坛再成,亶为方丘。伫柔祇之歆飨,故神舆之是佇。考一代合祭之失,实千载循袭之尤。敦牂比至,旷典聿修。帝躬临于泽中,即阴位而类求。配以烈祖之尊,侑以岳渎之俦。乃奠黄琮,震于神休。乃奏函钟,格彼至幽。澄宿氛而不雨,畅协气以横流。顾瞻空际,密迩灵斿,有持戈者,有执戟者,有质若兽者,有喙若鸟者。地之百灵秘怪,感帝德而来游。景光为之烛曜,祥云为之飞浮。侍卫骇愕,莫测其由。哀时之对,上轶成周,岂若汉祠后皇,徒歌乎物发冀州。至其棣萼之庭建,盖示优于同气。主上钦承永泰之基,益隆则友之义。兢兢业业,欲尽继述之志。永绍裕陵,垂法万世。载因心以抚存,肆四休于棠棣。爵以真王之封,陟以上公之位,褒以两镇之节,厚以三接之赐。俾遂安其居宇,咸克保乎富贵,何愧建初岁入之丰也。每当岁时之衍乐,俨雁齿而密侍,和乐且湛,麾拘堂陛无间劝侑之勤。有继饮酒之饫,既翕既醉,何愧花萼之盛也。乙未之春,龙翔效瑞,鹢鸰来集,数以万计。嘉首尾之胥应,感弟昆之是类。洒宸翰以体物,用阐明乎至意。若乃帝假有家,明内齐外。自天申命,支本昌炽。考祥黑之应梦,演庆源而毓粹。蔼螽斯蛰蛰之众,假乐皇皇之懿。受祉而施于子,既俾乎周王,多男而授之职,又合乎尧帝。肇正元嗣于春宫,申眷后王而加惠。冠礼荐行,三加攸次。诏以成人之道,载隆出阁之制。卜吉壤以图居,惟宫隅之是迩。标蕃衍之美名,彰皇家之盛事。顾启处之获宁,信皇慈之曲被。于是宾师友,简僚吏,习礼节,讲儒艺,日奉朝

著，克勤无怠。拳拳乎上承忠孝之训，而臣子之义备至。若宗正
著录，枝派实繁，上及曾高，下及曾玄，分宅广睦，恩义两敦。第
族属之疏戚，班禄秩以维均。远则褒崇艺祖之胄，近则加厚濮邸
之孙。配天其泽，同姓悉沾。歌《湛露》，咏《行苇》，戒《杕杜》，鄙
《葛藟》。衍蛰蛰于《螽斯》，继振振于《麟趾》。于赫帝命，属籍是
典，皇宗取则，率遵绳检。岁月薰陶，朝夕渐染。蔼蔼宾兴之才，
擢儒科而登仕版。时则有清静如辟疆，精忠如更生，文若东阿，
勇若任城，莫不激昂自奋，腾实飞声。于是参亲疏而两用，冀羽
仪于王国，遂壮周家之藩屏，固汉宗之磐石。若夫由朱雀以纵
观，下天汉而北望，千门万户，将将有伉。言观其阳，则仍宣德之
旧称，定五门而改创。其始也，宪陾喧，摹大壮，揆吉日，命大匠。
庶民子来，则靡烦于鏊鼓；瑰材山积，则又疑于神贶。其上则藻
色丽乎方井，云气萃乎修楣。跃水波于柏栋，列绣文于兰楯。罔
不随色象类，因木生姿。穷极奇巧，岂人能为，若有鬼神异物阴
来相之。其旁则檐牙高张，栏楯周布，往往雕鸾刻凤，盘兽伏虎，
或连拳欲立，或猛据若怒，或奋翼东厢，或圈首西序，殊形诡制，
见者内怖。于以自中夏而布德，总八方而为极。披路三条，则槌
柏森以相连；立观两隅，则罘罳俨以并饰。善颂落成，上下用怿。
言观其阴，则峣峣北阙，时谓景龙，于焉采民谣，于焉观民风。阅
夫阛阓，则九市之富，百廛之雄。越商海贾，朝盈夕充，乃有犀象
贝玉之珍，刀布泉货之通，冠裳衣履之巧，鱼盐果蓏之丰。贸迁
化居，射利无穷。览夫康衢，则四通五达，连骑方轨。青槐夏荫，
红尘昼起。乃有天姬之馆，后戚之里，公卿大臣之府，王侯将相
之第。扶宫夹道，若北辰之藩卫。太平既久，民俗熙熙。观夫仙
倡效技，伥童逞材，或寻橦走索，舞豹戏罴，则观者为之目眩；或
铿金击石，吹竹弹丝，则听者为之意迷。亦有蜀中清醾，洛下黄
醅，葡萄泛觞，竹叶倾罍，羌既醉而饱德，谓'帝力何有于我哉'。
瞻彼艮维，肇崇琳阙。始真天祥，旷分彪列。妙道由是聿兴，至
教于是旁达。辛卯之梦既符，壬辰之运斯协。外则立仁济辅正
之亭，行玉笥考召之法。博施于民，俾绝天阏。神符一出，群邪

四晝。靆毒治病,功深效捷。内则艮岳屹以神秀,介亭耸以巇嶪。天人交际之夕,清供于此备设。俄而玉笋自倾!宝剑如挈,骇震霆之轰轰,灵圉下兮杂遝。逮夫应钟纪律,里社开祥。凡预臣子之列,欲倾颂祷之觞。即兹宫以效报,期万寿之无疆。于时演大梵希夷之音,讽《太元》空洞之经。遂颁秘篆,八百联名。猗彼乾维,龙德是营。地直天奥!上郁化精。有冈连岭属之势,有龙盘虎踞之形。储休发祥,繄我圣明。惟崇饰之弥丽,正土木之夸矜。盖示不忘其所自,为万世之式程。彼汉之代邸既琐琐焉;唐之兴庆又奚足称。爰有瑶池波湛,翠水渊渟。峨方壶,起蓬瀛,大君戾止,广殿欢腾,九奏备,八佾成,凡左右侍宴者,恍若蹑神山而游紫清。戊戌之冬,太乙次于黄秘之庭,其位在西北,则临乎是宫之地。于辰为阉茂,适契乎元命之晶。诏鸠工以基迹,用揭虔而妥灵。十神载别,五福来宁。至于端闱之内,大庆耽耽,路寝斯在。有大符觊于此乎躬受,有大祭祀于此而斋戒。日精东承,月华西对。重轩三阶,翕赩动彩。左城右平,相与映带。睨灵光犹培塿,晞景福之丛芮。春王三朝,履端匪懈。庭燎有光,禁漏斯艾。供张绝盛,法物咸萃。乃建招摇以环合,蒲牢发乎轻奏,正宁当阳,天极是配。九宾星拱,垂绅委珮。乐奏《乾安》,间以铪铢。上公荐寿,捧觞拜跪。天子万世,兆民永赖。其左则合宫之制,高出百王,上圆下方,法象乎天地;九筵五室,经纬乎阴阳。旋四序之和于四阿,达八风之气于八窗。渊衷默定,圣画允臧。重屋告成,保我家邦。于以禴帝而禴亲,则日卜上辛,时丁肃霜。乐调黄钟,享维牛羊。爰熙太室,恭荐馨香。肆推尊于神考,用严配于上苍。于以视朔而布政,则春期青阳,秋觐总章,冬遇平朔,夏宗明堂。玉册以极其变,内经以考其常。钦授于人,遂正天纲。其右则徽调之阁,严凝密靓。神鼎内藏,天所保定。侔郏鄏之永固,笑甘泉之匪称。其始铸也,穷制作之妙于系表,得隐逸之士于草茅。一铸而就,光应孔昭。其始定也,夜出九成,不吴不敖,龙变光润,气明焰消。维鼎彝之重,作镇神皋。数极九变,象该六爻。屹然中峙,增崇庙朝。曰苍曰彤，以奠齐楚之域；曰晶曰宝，以奠秦赵之郊。有位东南，有位西南者；有位东北，有位西北者。分方命祭，罔或不调。宜乎卜世卜年，过于周历，永保兹器，与天无极。至其内朝则祥曦、延和，清穆顾问。亲臣列侍，禁卫弥庆。治朝则紫宸、垂拱，丹青有焕，一日万几，此焉听断。厥或进拜将相，号令华夷，爰即文德，播告唯宜。燕乐群臣，详延多士，乃御集英，以时蒇事。又有龙图、天章、宝文、显谟以洎徽猷，五阁渠渠，奉祖宗之彝训，示子孙之楷模。言追盘诰，道契图书。斁秘藏之靡忘，仰圣孝之如初。次则东西分台，政事所会。始揆而议，则可否有蓍龟之决；既审而行，则出内擅喉舌之寄。于以斡旋钧轴，辅成至治。其在西枢掌武之庭，则有将印之重，军符之严。尔乃运筹帷幄之中，折冲尊俎之间，爰戢五兵，坐镇百蛮。其在翰苑摛文之地，则惟密旨是承，德意是导。尔乃覃恩润色，追风浑灏，遂继东里之才，允符内相之号。乃若天子燕息之所也，宣和秘殿，翚飞跂翼。宪睿思之始谋，因绍圣之故迹。凝芳琼兰，重熙环碧，轮焉奂焉，光动两侧。听政之暇，来游来息。搜古制于鼎彝，纵多能于翰墨，致一凝神，优入圣域。爰命迩臣，于焉寓直，罄启沃之丹诚，庶密效于禅益。申绍纪元，昭示万亿。视彼元狩、元鼎、神爵、五凤之号，讵能专美于史册。至如亲蚕之所也，延福邃深，有严金铺。当春日之载阳，率六宫而与俱。懿筐既饰，柔桑既敷。鞠衣东乡，三采踟蹰。风戾川浴，地温气舒。然后龙精报觌，瑞茧纷如。五色之丝，允侔乎东海，八蚕之绵，富倍于吴都。献于天子祭服所须。由此率先天下，则无敩之化，斯并美于《关雎》。以至掖门曲榭之奥，周庐徽道之肃，长廊广庑之连延，珍台秘馆之重复，倬然在列，璇题辉映。虽使广延墨客，众集画史，曷足以纪兹区宇之盛。"

先生闻而称赞曰："汴都之美，其若是乎，抑何修何饰而臻此乎？"

公子曰："主上以神明资才，受天眷命为天下君。其所以图为宰制，独运枢机之中者，愚不得而测也。切仰庙堂之所先务者，任贤使能而已。试为子陈之：若夫'十室之邑，必有忠信'，天下至广，岂曰乏才？观夫燕、赵、汝、颍之英，勾吴、于越之秀；两蜀文雅，三齐质厚；以至关东旧相之家，山西名将之胄，感会风云，杂然入彀。矧兹神圣之都，是为英俊之躔。元精于此回复，间气于此蜿蜒。以言乎儒风，则长者之称，自汉而著；以言乎世族，则文士之盛，自晋而传。隐逸有夷门之操，文章出濰涣之间。帝赍岳降，运符半千。商弼周翰，接武差肩。陋七相五公之绂冕，迈杜陵韦曲之衣冠。譬犹俶傥权奇，素多于冀北；璠玙结绿，自富于荆山。上乃以道观能，兼收并取，明明在公，济济列布，同寅协恭，相与修辅。故得朝廷清明，纪纲振举，威武纷纭，声教布濩。北渐鸭绿，南洎铜柱。深极沙漠，远逾羌虏。陆詟水怀，奔走来慕。雕题、交趾、左衽、辫发之俗，愿袭于华风；金革、玉璞、犀珠、象齿之贡，愿献于御府。于斯时也，治定而五礼具焉。则采《周官》之仪物，稽曲台之典故。考吉礼、嘉礼之义，正婚礼、冠礼之序。车舆旗常，衣冠服制，职在太常，各有攸叙。功成而六乐举焉，则诏后夔辨舞行，命伶伦定律吕。法太始五运之先，谐中正五均之度。笙镛鞉磬，琴瑟柷敔，职在太晟，各有攸部。众制备，群音叶，天地应，神人悦，修贡效珍，应图合牒。上则膏露降，德星明，祥风至，甘露零；下则嘉禾兴，朱草生，醴泉流，浊河清。一角五趾之兽，为时而出；殊本连理之木，感气而荣。嘉林六目之龟，来游于沼；芝田千岁之鹤，下集于庭。期应绍至，不可殚形。是宜登泰山，蹑梁父，泥金检玉，诞扬丕矩。奏功皇天，登三咸五，上犹谦抑而未俞也。于是亲事法宫之中，斋心大庭之馆，思所以持盈守成，垂万世之彝宪。躬执道枢，卓然独断，仰以顺天时，俯以从人愿。规模则惟《周官》之隆是循，政事则惟元丰所行是缵。其在官也，绝侥幸之路，汰冗滥之员。奉诏者戒于倚法，治民者戒于为奸。其在士也，纳谠言于群试，复科举于四远。保桑梓者遂孝养之心，在流寓者获游学之便。其在民也，除苛滥之科，蠲不急之务。农人服田，以效力穑之勤；父老扶杖，以听诏书之布。遂使四海之内，返朴还淳，皆敦本而弃末。皞皞乎太古之风，各安居而乐业。"

先生闻之叹美不暇，乃谓公子曰："今日治效如此，正臣子歌功颂德之秋也。顾惟疏远之踪，名不通于朝籍，虽欲抽思骋词，作为声诗，少述区区之志，天门九重，势难自达。则乙夜之览，何敢冀哉？"因击节而歌曰："严哉神圣位九重，仁天普被四海同。旷然丕变还淳风，金革不用囹圄空，千龄亨运今适逢。下七制，卑三宗，微臣鼓腹康衢中，日逐儿童歌帝功。"歌毕，振衣而去。公子遂述其事而理之，以总一赋之义焉。

理曰："赫赫皇宋，乘火德兮。奠都大梁，作民极兮。一祖六宗，世增饰兮。光明神丽，观万国兮。穆穆大君，天所子兮。粤自丛霄，履帝位兮。体道用神，妙莫名兮。立政造事，亶有成兮。金鼎奠邦，神奸詟兮。玉镇定命，垂奕叶兮。天地并应，符瑞著兮。膺图合牒，千百禩兮。坐以受之，开明堂兮。三灵悦豫，颂声兴兮。元臣硕辅，侍帝旁兮。相与弼亮，守太平兮。运丁壬辰，化道行兮。己酉复元，宝历昌兮。天子万年，躬在宥兮。斯民永赖，跻仁寿兮。"

元叔，名长民，元丰内相定之孙。其后建炎中为监察御史，以名字典州，终江西提点刑狱公事。有子澥，文亦工。

明清《投辖录》所叙刘快活事，后来思索所未尽者，今列于编。外祖曾空青，文肃之第三子也，快活每以"三运使"呼之，后果终曹铳。舅氏宏父，谈天者多言他日必为卿相，刘笑曰："官职俱是，正郎去不得矣。"文肃当国，先祖为起曹郎中。一日忽见过，曰："我今日见曾三女儿，他日当为公之子妇。"时先妣方五六岁。又谓先人曰："曾三女，汝之夫人也。"归见文肃，呼先祖字云："王乐道之子，三运使之婿，此儿他日名满天下，然位寿俱啬，奈何！"已而，文肃罢相，迁宅衡阳。北归后，先祖守九江，遣先人访文肃于京口，一见奇之，遂以先妣归焉。后所言一一皆合，不差毫厘。其他类此尚多，不能悉记，异哉！

《冯燕传》见之《丽情集》，唐贾耽守太原时事也。元祐中，曾文肃帅并门，感叹其义风，自制《水调歌头》，以亚大曲，然世失其传。近阅故书得其本，恐久而湮没，尽录于后。

排遍第一

魏豪有冯燕，年少客幽并。击球斗鸡为戏，游侠久知名。因避仇，来东郡，元戎逼属中军。直气凌貔虎，须臾叱咤，风云凛凛坐中。偶乘佳兴，轻裘锦带，东风跃马，往来寻访幽胜。游冶出东城，堤上莺花掩乱，香车宝马纵横。草软平沙稳，高楼两岸，春风笑语隔帘声。

排遍第二

袖笼鞭敲镫，无语独闲行。绿杨下、人初静，烟澹夕阳明。窈窕佳人，独立瑶阶，掷果潘郎，瞥见红颜横波盼，不胜娇软倚银屏。曳红裳频推朱户，半开还掩，似欲倚咿哑声里，细说深情。因遣林间青鸟，为言彼此心期，的的深相许，窃香解佩，绸缪相顾不胜情。

排遍第三

说良人滑将张婴。从来嗜酒还家，镇长酩酊狂酲。屋上鸣鸠空斗，梁间客燕相惊。谁与花为主，兰房从此，朝云夕雨两牵萦。似游丝飘荡，随风无定，奈何岁华荏苒，欢计苦难凭。惟见新恩缱绻，连枝并翼，香闺日日为郎，谁知松萝托蔓，一比一毫轻。

排遍第四

一夕还醉，开户起相迎。为郎引裾相庇，低首略潜形。情深无隐。欲郎乘间起佳兵。授青萍，茫然抚弄，不忍欺心。尔能负心于彼，于我必无情。熟视花钿不足，刚肠终不能平。假手迎天意，一挥霜刃，窗间粉颈断瑶琼。

排遍第五

凤凰钗、宝玉凋零。惨然怅、娇魂怨，饮泣吞声。还被凌波呼唤，相将金谷同游，想见逢迎处，搽揄羞面，妆脸泪盈盈。醉眠人醒。来晨起，血凝蟒首，但惊喧，白邻里，骇我卒难明。致幽囚推究，覆盆无计哀鸣。丹笔终诬服，圜门驱拥，衔冤垂首欲临刑。

排遍第六带花遍

向红尘里，有喧呼攘臂，转身辟众，莫遣人冤滥，杀张室，忍偷生。

僚吏惊呼呵叱，狂辞不变如初，投身属吏，慷慨吐丹诚。仿佛缧绁，自疑梦中，闻者皆惊叹，为不平。割爱无心，泣对虞姬，手戮倾城宠，翻然起死，不教仇怨负冤声。

　　排遍第七撷花十八

义城元靖贤相国，嘉慕英雄士，赐金缯。闻斯事，频叹赏，封章归印。请赎冯燕罪，日边紫泥封诏，阖境赦深刑。万古三河风义在，青简上、众知名。河东注，任流水滔滔，水涸名难泯。至今乐府歌咏，流入管弦声。

卷第三

　　高公轩者,宣仁之疏族也。政和末,为沧州仪曹,考满,哀鸣于外台,及将曰:"自惟孤寒,无从求知于当路,但各乞一改官照牒,障面而归,以张乡闾,足矣!"人皆怜而与之。既至京师,乃诣部自陈荐状已足,乞以照牒为用,先次放散。适有主之者,从其说而施行之,遂冒改秩。蔡元长时当国,闻之,遂下令今后不得妄发照牒。公轩中兴后为检正诸房文字。

　　外祖曾空青,政和中假守京口,举送贡士张彦正纲;宣和末,守秀水,举送沈元用晦;绍兴间,牧上饶,举送汪圣锡应辰,三人皆以廷试第一。其后舅氏曾宏父知台州,鹿鸣燕坐上,作诗以饯之,末句云:"三郡看魁天下士,丹丘未必坠家声。"是岁,天台全军尽覆,事有不同如此者。沈元用,文通孙也,初名杰,家于秀之崇德县。坐为人假手,奏案至祐陵榻前,上阅之云:"名见《梁四公子传》,此人必不凡,可从阔略。"时方崇道教故也。遂降旨,止令今后不得入科场而已。彷徨无所往。时外祖守秀城,舅氏宏父为湖州司录,来省侍。妓长杨丽者,才色冠一时,舅氏悦之。席间忽云:"有士人沈念六者,其人文艺绝伦,不幸坐累,遂无试所,奈何!"宏父云:"审如若言,吾合牒门客一人,尚未有人。"翌日,访舅氏,一见契合,易其名曰晦。是岁,漕司首送,明年,为大魁,才数月即入馆为郎,奉使二浙,经由嘉禾。丽张其徒曰:"我今日乃往庭参门生耶!"

　　张子韶、凌季文俱武林人,少长同肄业乡里。宣和末,居清湖中,时东西两岸居民稀少,白地居多。二人夜同步河之西,见一妇人在前,衣妆楚楚。因纵步觇之,常不及焉。至空迥处,忽回顾二人而笑,真绝色也。方欲询之,乃缓步自水面而东。二公惊骇而退。

　　王磐安国,合肥人。政和中,为郎京师,其子妇免身,访乳婢,女侩云:"有一人夫死未久,自求售身。"安国以三万得之。又三年,安国自国子司业丐外,得守宛陵。挈家之官,舟次泗州,一男子喏于轿前,云乳婢之夫也，求索其妻。安国惊骇，欲究其详，忽不见。归语乳婢，亦愕然无说。至夜，乳婢忽窜去，遍索不可得。诘旦，舟尾乃见尸浮于水面。

元符末，巨公为太学博士，轮对，建言："比因行事太庙，冠冕皆前俯后仰，不合古制。"诏行下太常寺。寺中奏云："自来前仰后俯，必是本官行礼之时倒戴之误。"哲宗顾宰臣笑云："如此，岂可作学官，可与一闲散去处。"改端王府记室参军。未几，端邸龙飞，风云感会，至登宰席，宠禄光大，震耀一时。绍兴中，亦有为馆职者，于言路有宿憾，欲露章以论。既闻之，诉于当路，乞易地以避焉。改普安郡王府教授。已而，孝宗正储位，以潜邸旧恩，位极人臣，荣冠今古。二公之事绝相似，祸福倚伏，有如此者。

李汉老邴少年日，作《汉宫春》词，脍炙人口，所谓"问玉堂何似？茅舍疏篱"者是也。政和间，自书省丁忧归山东，服终造朝，举国无与立谈者。方怅怅无计，时王黼为首相，忽遣人招至东阁，开宴延之上坐。出其家姬数十人，皆绝色也。汉老惘然莫晓。酒半，群唱是词以侑觞，汉老私窃自欣，除目可无虑矣。喜甚，大醉而归。又数日，有馆阁之命。不数年，遂入翰苑。

江纬字彦文，三衢人。元符中，为太学生。徽宗登极，应诏上书，陈大中至正之道，言颇剀切。上大喜。召对称旨，赐进士及第，除太学正，自此声名籍甚。陆农师为左丞，以其子妻之。政和末，为太常少卿。蒙上之知，将有礼篑之命。时陆氏已亡，再娶钱氏，秦鲁大主女也。偶因对扬，奏毕，上忽问云："闻卿近纳钱景臻女为室，亦好亲情。"言讫微笑。是晚批出，改除宗正少卿。彦文知非美意，即丐外出知处州，由是遂摈不复用。

明清《挥麈余话》载马伸首陈乞立赵氏事，后询之游诚之，凡言与前说各有异同者，今重录其所记于后。靖康初，秦桧为中丞，马伸为殿中侍御史。一日，有人持文字至台云："金军前令推立异姓。"秦未及应语之间，马遽云："此天位也，逆金安得而易！今舍赵氏其谁立？"秦始入议状，连名书之。已而，二帝北狩，秦亦陷金，独马公主台事，排日以状申张邦昌云："伏睹大金以太宰相公权主国事，未审何日复辟？谨具申太宰相公,伏乞指挥施行。"至康王即位日乃止。有门弟子何兑者,邵武人,字太和,嘉王榜登第,少师事马公。其后,秦桧南归,擅立赵氏之功归己,尽掠其美名取富贵,位极公槐,势冠今古,何公常太息其师之事湮没,欲辩明其忠。每引纸将书,辄为其子所谏,以谓秦方势焰震主,岂可自蹈危机,掇家族之祸。然何公私自为《马公行状》一通,常在也。绍兴甲戌,以左朝奉郎任辰州通判将满,一夕,忽梦马公衣冠相见,与语如平生亲。既寤,喻其子曰:"马先生英灵不没,赍恨九京,如此有意属我乎?"挂其遗像,哭之。其子镐哀劝不从,因告其父曰:"俟斯人死,上之未晚。"太和曰:"不然,万一我先死,瞑目有余恨。后日当受代。"即手书一状闻于朝,其词尤委曲回互,但云"自太师公相陷金之后,独殿中侍御史马伸,排日以复辟事申邦昌"云云。且以所作《行状》缴纳,乞付史馆立传,以旌其忠。入马递驰达,然后解组以归。秦得之,怒,凡一路铺兵悉遭痛治,仍下廷尉,追捕何公甚急。狱吏持文移至邵武,而太守张姓者,惊愕罔措,就坐得疾,越翌日始苏,扶掖至厅事,才启封视牒,则所追者左朝奉郎何兑也。方遣吏往村落追赴以行。既对吏,而柏台老吏已先在棘寺,但谓"靖康虽有马伸为殿院,未尝闻有此状也"。令台吏勒军令状,棘寺以上书不实,拟降一官,罢前任。思陵重违桧意,圣语曰:"所拟太轻,特追两官,羁置英州。"盖绍兴甲戌岁也。后一年乙亥,桧死日,御批何兑所犯,委是冤枉,令有司别定,遂复元官,放逐便,仍理元来磨勘,为左朝散郎。何在贬所皆无恙。归至里门,遇亲戚相见,喜马公之事明白,一笑病发。朝廷虽欲用之弗果,仅能食祠官之禄一年而已。镐乃诚之姨夫,是以知其详。及建宁诸乡长搢绅之与何太和相厚者,皆能言其事。明清近又得伸上邦昌全文,用列于后,云:"伸伏见金人犯顺,劫二圣北行,且逼太宰相公使主国事,相公所以忍死就尊位者,自信敌兵之退,必能复辟也。忠臣义士,不即就死;城中之人,不即生变者,亦以相公必立赵孤也。今敌退多日,吾君之子,已知所在,狱讼讴歌,又皆归往。相公尚处禁中,不反初服,未就臣列。道路传言,以谓相公外挟强敌之威,使人游说康王,自令南遁,然后据有中原,为久假不归之计。伸知相公必无是心,但为金人所迫,未能遽改。虽然如此,亦大不便。盖人心未孚,一旦喧哄,虽有忠义之心,相公必不能自明。满城生灵,必遭涂炭,孤负相公初心矣。伏望相公速行改正,易服归省,庶事禀取太后命而后行,仍亟迎奉康王归京,日下开门拊劳四方勤王之师,以示无间内外。赦书施行恩惠,收入人心等事,权行拘收,候立赵氏日,然后施行。庶几中外释疑,转祸为福。伊、周再出,无以复加。倘以伸言为不然,即先次就戮,伸有死而已,必不敢附相公为叛臣也。”邦昌于是始下令一切改正。

明清《挥麈后录》载周郏所记陈尧臣决伐燕之策,盖出于天下公论,而尧臣之子倚以财雄行都。张全真参政日,载真伪作一帧,可以但作全真文字。近览李仁甫《长编》云:“绍兴元年正月十四日辛丑,中书舍人胡交修言:‘人臣之罪,莫大于误国,自古误国之祸,莫大于燕云之役者。燕山议首与夫用事之臣,大者诛戮,小者流放。而陈尧臣者,独仍旧故秩,廪食县官,置而不治,岂所以上慰宗社之神灵,下泄四方之痛愤哉?尧臣为国召乱,不知罪恶之重,乃敢自引矜,乞为郡守。今虽为宫祠,叨窃食禄。臣愚伏望睿旨削夺尧臣在身官爵,投窜遐方,以惩其恶,以谢生灵,为后世臣子误国之戒。’诏:‘尧臣主管临安府洞霄宫指挥,更不施行。’”书之于编,盖知郏之言不厚诬,且非明清之私意。事见《长编》第一百五十九之注。后阅《中兴日历》,宰执奏乞行迁责,高宗云:“岂可以因乞差遣,反遭贬邪?”止罢祠焉。

王彦国献臣,招信人,居县之近郊。建炎初,金人将渡淮,献臣坐于所居小楼,望见一老士大夫彷徨阡陌间,携一小仆,负一匣,埋于空迥之所。献臣默识之。事定,往掘其地,宛然尚存。启匣乃白乐天手书诗一纸,云:“石榴枝上花千朵,荷叶杯中酒十分。满院弟兄皆痛饮,就中大户不如君。”献臣后南渡,寓居余姚,尝出以示余,真奇物也。闻后以归刘纲公举矣。

献臣又云:建炎间,避地至奉化境上,一二仆隶偕行。尝夜过渡,月色微明,有数人先往焉。忽问云:“非王献臣解元行李否?”但见其躯干长大,语声雄厉,心窃疑之。方欲复询之,忽径自划水而渡彼岸,波涛汹涌久之。献臣惶怖几溺,竟不知为何怪,后亦无他。

胡伟元迈,新安人也。携其父舜申所述《乙巳泗州录》、《己酉避

乱录》二书相示,叙㑉扰时事,文虽不工,颇得其实,今列于后:

《乙巳泗州录》云:宣和乙巳,子家寓居泗州之教授厅,适在宝积门,出门即淮河。有友一二人在南山,如郑况仰荀,其父为发运司属官,廨宇在焉。以故无三五日予不至南山。常时至彼讲论文字,谈说时事。是时,朱勔父子正得志,势位炎炎。每上下京浙,则称往来降御香,其实欲所过州县将迎之勤也。是年秋,朱汝贤自浙中来,以降御香,泗州官吏迎于陕山。陕山,出城四里许,在淮南西岸,过是无路可行,故止于此邀迎其船。汝贤传指挥,到城中亭子上相见,官吏皆回候于亭。及船至亭,通名,典谒者曰:"承宣歇息矣。"候久之,令再通,曰:"睡着矣。"抵暮,方见守倅而已。傍观者见其骄傲,皆为之不平。予辈时谈此事于南山,曰:"我辈恐未死,且看朱勔父子终竟如何。"其冬,金人入寇抵都城,上皇避位,日闻京师事不一。未几,朱勔首以小舸子东下,曰勔已放归田里矣。不敢出见人,人亦不顾之。日有京师权贵与中官下来者颇多,皆着皂衫而系皂绦,行于街市。又几日,曰上皇已在发运司行衙矣。人初不信,及往观,但见座船一只,泊于河步,以结镞壁矢张于船前。问之,上皇果在,衙中侍卫萧然。又数日,军马才到,市上皂衫贵人益多。凡前此闻所贵幸宦侍之用事者,问之,往往在焉。俄又闻童贯亦至,或有见坐帷帐中,黑肥,躯干极大者,问之,童大王也。军马至,皆渡淮,驻于南山后。闻高俅于南山把隘。高俅之弟伸亦同在彼。因普照觉老请斋于南山,始知之。是时也,把隘南山,即已弃淮之北矣,实今日之先兆,亦自东京来至南山,无控扼之所也。俄又闻上皇登发运衙城上之亭,观渔人取鱼于淮。又旬日,上皇移幸而南。自是京师士民来者日夕继踵,益知金兵叩城之事。以上皇益南,侍卫自京师而至益盛。一橐驼踏浮桥倾倒,遂入淮中,以负物之重,恐必不救也。又阅岁时,上皇驾还,皆亲至塔下烧香。每入寺,寺中人皆驱出。施僧伽钵盂、袈裟,至亲与着于身。先是,以普照寺大半为神霄玉清宫,至是,御笔画图,以半还寺。寺僧送驾出城,得御笔,欢喜。上皇初至寺时,寺之紧要屋宇还之益多。始所还,道流尽拆去门窗;及再还,即并所拆门窗得之,道流褫气矣。明年秋,余同弟汝士往国学赴试,汝士预荐,而余遭黜,独还泗州侍亲。时伯兄汝明再为监察御史,汝士寓南台公廨,以待省试,因再遭围,闷病几死。盖国学诸生例患脚气,故染是病也。使予是年预荐,必死于京师。及闻太原失守,知淮泗不可居,借船于发运方孟卿,遂侍亲来湖州,船才过闸即潮落,不可复开,而泗州寻亦乱矣。

呜呼!金敌凭陵,国家颠危,实上之人为权幸诱惑,造成此祸,而勔一人亦在数。盖勔乃姑苏市井人,始以高资交结近习,进奉花石,造御前什物,积二十年,职以充进奉监司。守令或忤其意,以故违御笔绳之。应造什物,皆科于州县,所献才及万分之一,余皆窃以自润及分遗权幸,以徼恩宠。故勔建节旄,子侄官承宣观察使,下逮厮役,日为横行。媵妾亦有封号。勔与其子汝贤、汝功各立门户,招权鬻爵,上至侍从,下至省寺,外则监司,以至州县长吏官属,由其父子以进者甚众,货赂公行,其门如市。于是勔之田产跨连郡邑,岁收租课十余万石。甲第名园,几半吴郡,皆夺士庶而有之者。居处园地悉拟宫禁,服食器用上僭乘舆,建御容殿于私家。在京则以养种园为名,徙居民以为宅所。占官舟兵级月费钱粮,供其私用。及上皇禅位,放勔归田里,其假道泗州也,遮蔽船门,惟恐人知之,亦无面以见人。未几,渊圣以台谏论勔,安置广南,籍没财产。既而取首级,家属悉窜。以此观之,宜乎召金人之祸,而致国家之颠危焉。然所以造祸者,岂止勔之一人耶?因思宣和间,京师奢侈正盛,一相识言曰:"《书》云'内作色荒,外作禽荒,甘酒嗜音,峻宇雕墙。有一于此,未或不亡。'古人法度之严如此。是数者有一则必亡,岂有兼是数者,而复有逾于此者,安得无祸乎?"靖康果有其应。或曰:"若如此而无祸,则古人之言必妄,《诗》、《书》皆不足信者,而喋喋颇费辞说。"自念老矣,切虑遗忘,遂追思所见,笔之于册云。

《避乱录》:建炎己酉,先兄待制讳舜陟,字汝明,帅建康,与右丞杜充不相能。充时领兵驻建康,充自遣将来夺取经制司钱物。待制闻于朝,充往往亦知而后奏。朝廷知二公不合,十月,移待制两浙宣司参谋。时周望自枢府出为宣抚。望老缪,本由八行举,与论军事率不合。先有旨,令坚守平江,所措置初无可守之计,待制有奇谋,皆不用。金人自广德由安吉抵钱塘,渡江破明越,北还,假道平江,所措置初无守御者,皆知必败矣。待制谓望,本司金帛既尽为敌人所得,曷若为携往昆山而北,庶可存也。望既遣金帛来吾家,始以船附鲁珏辎重中,舣平江齐门。翌日,到昆山,依李阊、罗贵,泊于梅里,寻移许浦。未几,金兵犯平江,望走青龙,平江城不战而破。诸将如郭仲威辈,先敌未至,已劫略城中几无遗。望尝不快于韩世忠。是时,世忠兵盛权重,驻镇江,闻望窜,遣将董旻邀虏之。旻至许浦,以为望在,适吾家老小在彼,旻来见待制,遂邀以行。始旻将至,兵稍遥,望皆以为敌舟,率弃船而走。吾家船亦留江口,命使臣温宏等守之。老小系道,弟舜举、侄仔,径走吴兴;唯予侍家君朝散,同待制及令人等,茫无所之,第漫去而已。夜宿野人家,旻遣使臣来追,坚欲吾家还船。予谓:"若金人则不可从,若世忠军则中国兵,且此投戈散地之时,往其军中亦自有所托,何为不可?"待制以为然,因举家从以还。时已行三二十里,连夜从其使臣以还,偶天晴,及晓才到,船皆无恙,一簪不失。旻乃率待制入其军于镇江。盖旻之意,虏望不及,且取参谋以塞其责。而旻欲虏望未已也。始船未行,旻军阵船到于江,唯吾家一船在许浦港口未出江。旻乃率吾家船入其军,趋水而下往青龙,必欲得望。及至青龙江口,闻望已还军而西。旻遂溯江而上之镇江,吾家船同行。及至镇江,待制欲见世忠,旻遮之不使见。未几,遣一船来换,意欲取吾船中之米。其所谓金帛者,未至梅里,望已追回矣。以诸将不欲令金帛离军去,殆有谋焉。有言于望故也。得所换之船,吾家移过,自留少米,余皆与之,本有百余石。所换之船,通川船也,亦能行江海,有篷帆二,物亦足用。小泊于焦山,杂于韩军杂物船中。既至焦山,船中隘不可居。入寺中占其方丈,老幼悉安堵,但日游戏于焦山而已。时金已破镇江,日见胡骑驰逐于江岸。坐见其焚甘露寺,但留双铁塔。世忠以江船凿沉于闸口,拒金人之出,敌船实不可出,以闸口沉船纵横也。世忠军皆海船,阵于江中,中军船最大,处于中,余四军皆分列以簇之,甚可观。辎重船皆列于山后。予日登焦山顶观之,山前但见作院等船耳。工人为兵器于寺前,又有镇江见任官及寺中之船,皆于寺前,太守李汝为在焉。汝为亦韩军中人,世忠命为太守者也。三月十七日晚,东北风作,至夜益甚,江中飘水皆成冰。

予尝夜独宿船中守行李，时吾家复有一小船同泊，以行李载不尽故
也。是晚，予上船遣人提空笼相随，欲入船搬移衣物，又携钱百千入
大船，已昏黑，风大，船荡不可卧。梢工姓朱，通州人。夜将半，叩问
朱梢："船如何？"朱曰："风大甚。"夜益深，但闻朱梢焚香于神前，有祷
祈护卫者。复问朱云："如何？"朱曰："风大了不得也。"问："吾小船安
在？"曰："不见久矣，随风以去也。"是日昼，余观大船之碇索，其外似
已旧烂，其中一截斩新。予尝语朱："此船藉此索为命，何不倒索而用
之，卷其旧者于里，出其新者于外，庶可恃以牢乎？"朱曰："此当然。"
予曰："明日潮来水满，可令近岸，倒其索。"朱许之。至是风作之甚，
又思其索旧且朽，愈不遑安。是时，金兵在南岸，碇索若断，必随北风
至彼，当碎身与船于敌手矣。船为风震，不得睡，思之惶恐无限。及
晓，幸吾船无恙，但不能举头，以恶心故也。朱梢寻以面汤来，亦不能
用。及伸首船外，视焦山之前，唯吾一船而已，余皆不知所在。遥视
赵都监者，步履于山上，如神仙中人。点心时，待制以予在船中，遣小
舟来，因得登焦山之岸其去死亡一发耳。予寻登山顶望世忠军，极目
江中，无一船之存，辎重在山后者，亦略不见其一。又一二日，山前之
船稍集。先是，世忠既塞闸口之河，金人乃别开一河，出江焦山，初不
知之。至是，早饭时，有敌船二只出在江，但望见其船上黑且光耳，必
是其人衣铁甲也。此间船皆起碇以走。是日，世忠家私忌，予入方
丈，见诸方为佛事。未几，诸僧皆在船中，盖凡在山之人皆已登舟。
府官之属亦然。予家亦皆登舟，随例起碇以下，至垂山风适顺，乃令
朱梢张帆顺流而下。韩军望见吾家船去，有呼住者，予令勿应。时船
中有韩军二卒，亦令船住，复勿听，二卒盖世忠令守吾家者也。行稍
远，始语二卒："待吾家至苏湖，却以金帛遣汝回，否则，无好到汝
也。"二卒顾势不可住，乃俯首从之。船过圌山，风正顺。夜过江阴，晓抵
福山，不知其几里。福山别得船，又正北风作，抵常熟，过平江，至平
望入平江城。市并无一屋存者，但见人家宅后林木而已。菜园中间
有屋，亦止半间许。河岸倒尸则无数。出城，河中更无水可饮，以水
皆浮尸。至吴江，止存屋三间，其下横尸无数。垂虹亭、横桥皆已无，
止于亭下取得少水堪饮。自吴江而南，有浮尸益多，有桥皆已断，其

处尸最多。后问之,云:"敌骑推人过,皆死于水。"时燕子已来,无屋可巢,吾船用帆,乃衔泥作巢于帆。缘岸皆为灶圈,云金人缘岸泊故也。所杀牛频频有之,其骨与头足并存,但并无角,必金人取以去。陈思恭所击敌船沉陷者,尚有数只于第四桥之南。思恭,周望军统制官也。待制尝语望云:"枢密必欲守平江,莫若移军吴江,据太湖天险,吾辈以中军扼其前,使诸将以小舟自太湖旁击之,可必胜。"望不主其议,但令召诸将议之。及诸将毕集,望命待制语方略,诸将不从。盖诸将如郭仲威辈皆贼魁,喜乱,志在为贼而已。思恭兵最少,居下,闻此谋跃而前曰:"待制之言甚善,思恭愿为先锋。"自余不从,竟已。及敌过吴江,思恭不禀望,自以兵出太湖,横击其尾。乃中军系虏之民,闻兵至,皆为内应,纵火焚舟,几获四太子者。思恭虽胜,望怒其不白,然竟不迁官。所沉敌舟,凡半年许尚在河中。吾家船至平望,方欲首西以行,东风又发,又一帆至吴兴。时望军已驻吴兴矣。凡曲折得风,自垂山至吴兴,真天以相吾家也!老幼皆安然而归,始见弟姝,已抵吴兴旬日。待制乃遣使臣以书与信寄谢世忠、董旻辈。因送二卒往,仍取行李告敕之寄军中者。既取以归,闻世忠舟师败于金人。始敌在镇江,不可出,故即陆往建康,尝聚吾宋士大夫,令筹所以破世忠军,皆云:海船如遇风不可当,船大而止,且使风可四面,卒难制,如风使舟耳,卒难摇动。敌然之,选舟载兵,舟橹七八,乘天晓风未动,急摇近世忠,以火箭射之。船人救火不暇,又无风,船不可动,遂大败,陷前军十数舟,自余得通。盖世忠初知金人往建康,亦溯江以舟师与对垒,时议者固已非之,曰:"《兵法》:'勿迎于水内,半济而击之,利。'今乃迎之于水内,安有利也?"初予在焦山,见世忠陈兵江中,而镇江江口山上,有兀立不动下视吾军者。世忠船特大,早晚诸将来禀议,络绎不绝,皆用小舟。明知大者为世忠,自余五军船,历历可数。吾尝自念,吾军中事,金人莫不目见耳闻;而敌人军中事,吾军略不知之,亦可虑矣。终抵于败,何智术之疏耶!于是金人安然渡江北归。然世忠进官加恩,犹自若也。不数月,待制守钱塘,世忠入觐,时车驾驻会稽,所待世忠良厚,乃大喜,却恨前此失于一见,且晋董旻为之障。旻来谒,亦有惭色。闻世忠将入钱塘界,谓旻曰:"胡待制今却相见,如何?"旻无语,但愧汗而已。世忠所携杭妓吕小小,即时以去。初,小小以有罪系于狱,其家欲脱之,投世忠。世忠偶赴待制饭,因劝酒,启曰:"某有少事告待制,若从所请,当饮巨觥。"待制请言之,即以此妓为恳。待制为破械,世忠欣跃,连饮数觥。会散,携妓以归。妓后易姓茅。

明清尝于毕少董处,睹种明逸手书所作诗一首,殆五十年犹能全记。今录于此:"楼台缥缈路歧旁,共说祈真白玉堂。珠树风高低绛节,灵台香冷醮虚皇。名传六合何昭晰,事隔三清恨渺茫。欲识当年汉家意,竹宫梧殿更凄凉。"

世传《太公家教》,其言极浅陋鄙俚。然见之唐《李习之文集》,至以《文中子》为一律。观其中犹引周汉以来事,当是有唐村落间老校书为之。太公者犹曾、高祖之类,非渭滨之师臣明矣。《文中子》,想亦是唐所录,其言未免疏略。经本朝阮逸为之润色,所以辞达于理,学者宜熟究之焉。如市井间所印百家姓,明清尝详考之,似是两浙钱氏有国时,小民所著。何则?其首云"赵钱孙李",盖钱氏奉正朔,赵乃本朝国姓,所以钱次之;孙乃忠懿之正妃;又其次,则江南李氏。次句云"周吴郑王",皆武肃而下后妃,无可疑者。

明清家旧有常子允元祐中在馆阁同舍诸公手状,如黄、秦、晁、张诸名人皆在焉。后为龚养正颐正易去。比观洪景卢《容斋三笔》,乃云见于王顺伯所,以为高子允者。常名立,汝阴人,与家中有乡曲之旧,夷父秩之子。熙宁初,父子俱以处士起家,子允为崇文馆校书郎。元祐中,再入馆。后坐党籍,谪永州监税以卒,石刻碑中可考。此卷乃子允与大父者。而景卢乃指以为高君,不知高子允又何人耶?

杜子美作《饮中八仙歌》,叙酒中之乐甚至。由是观之,子美盖亦好饮者,不然,又焉得醉中诋严武,几至杀身耶?

宣和中,外祖曾空青公守山阳,有堂胥之子韩璡者,以御笔来为转运司勾当公事。年未冠,而率略之甚。一日,语外祖云:"先丈尝为何处差遣?"外祖答云:"曾在中书。"复询云:"何年耶?"答云:"建中靖国之初,自右府而过。"璡大笑云:"岂有察院而过中书省乎?"盖谓其侪类而然。外祖即应之云:"先公自知枢密院拜右仆射。"璡默然,阖席为之哄堂绝倒。

雷轰荐福碑事，见楚僧惠洪《冷斋夜话》。去岁，娄彦发机自饶州通判归，询之，云："荐福寺虽号番阳巨刹，元无此碑，乃惠洪伪为是说。"然东坡先生已有诗曰"有客打碑来荐福，无人骑鹤上扬州"之句矣。按惠洪，初名德洪，政和元年，张天觉罢相，坐通关节，窜海外。又数年回，僧始易名惠洪，字觉范。考此书距坡下世已逾一纪，洪与坡盖未尝相接，恐是先已有妄及之者，则非洪之凿空矣。洪本筠州高安人，尝为县小吏。黄山谷喜其聪慧，教令读书，为浮屠氏，其后海内推为名僧。韩驹作《寂音尊者塔铭》，即其人也。

韩子苍驹，本蜀人。父为峡州夷陵令，老矣，有一妾，子苍不能奉之，父怒，逐出。内侍贾祥者，先坐罪窜是郡，驹父事祥甚谨，祥不能忘。子苍于父逐之后，走京师，祥已收召大用事。子苍困甚倦游，漫往投之，祥不知得罪于其父也，献其所业。偶祐陵忽问迁谪中有何人材，祥即出子苍诗文以进。首篇"太乙真人莲叶"之句，上一览奇之，即批出赐进士及第，除秘书省正字。不数年，遂掌外制。

绍圣中，有王毅者，文贞之孙，以滑稽得名。除知泽州，不称其意，往别时宰章子厚，子厚曰："泽州油衣甚佳。"良久，又曰："出饧极妙。"毅曰："启相公，待到后，当终日坐地，披著油衣食饧也。"子厚亦为之启齿。毅之子伦也。

石才叔苍舒，雍人也。与山谷游从，尤妙于笔札，家蓄图书甚富。文潞公帅长安，从其借所藏褚遂良《圣教序》墨迹一观。潞公爱玩不已，因令子弟临一本。休日宴僚属，出二本令坐客别之，客盛称公者为真，反以才叔所收为伪。才叔不出一语以辨，但笑启潞公云："今日方知苍舒孤寒。"潞公大哂，坐客赧然。

卷第四

　　中兴初政,治宋齐愈退翁狱断案,得之陆务观,云是年大驾自维扬仓猝南狩,文书悉皆散失,未必存于有司,因录于左。然绍兴中,赵鼎、张浚为左右相,尝共启于高宗,云靖康之末,金人议立伪主,意在张邦昌,而退翁适在众中,发于愤躁,掌上密书以示所厚,云夷狄设意如是。坐有奸人,随声唱之,故及于祸。思陵恻然怜之。诏追复元官,录其子孙。元牍云:

　　建炎元年七月二十八日,尚书省札子,臣僚上言:"新除谏议大夫宋齐愈,昨三月初间,同王时雍等在皇城司聚议,乞立张邦昌。拜大金赐诏毕,书立状时,虽时雍等恐惧不敢填写张邦昌姓名,而齐愈执笔,奋然大书'张邦昌'三字,仍自持其状以示四坐,无不惊骇。齐愈自言'自从二月在告不出',欺诞若此。闻左右时雍等实齐愈也。今使居谏议大夫之任,一时陛下未知其人邪佞,而朝廷未有人论,更乞圣裁。"七月八日同奉圣旨:宋齐愈罢谏议大夫,令御史台王宾置司根勘,具案奏闻。今据王宾勘到:"宋齐愈招金人邀请渊圣皇帝出城,未回,知孙傅承军前,遣吴开等将文字称废渊圣,共举堪为人主一人。及知孙傅等乞不废渊圣皇帝,不许,须管于异姓中选举姓名通申。齐愈知孙傅等在皇城司集议,遂到本司,见众官及卓子上文字,不论资次,管举一人。齐愈问王时雍:'举谁?'时雍曰:'金人令吴开来密喻,旨意在张邦昌,今已写下,只空姓名。'又看得元来文字,请举军前南官。以此参验,王时雍言语即是要举张邦昌。齐愈恐违时雍,别生不测,为时雍曾说吴开密谕张邦昌,亦欲蚤了图出,齐愈辄自举笔于纸上书写'张邦昌'姓名三字,欲要于举状内填写,却将呈时雍,称是;又节次遍呈在座元集议官。齐愈令人吏依纸上所写'张邦昌'三字,别写申状,系时雍等姓名,分付吴开莫俦将去。其举状内别无齐愈姓名。初蒙勘问时,惧罪隐下不招。再蒙取会到中书舍人李会状:'二月下旬间,忽有左司员外郎宋齐愈自外至,见商议未定,即于本司厅前取纸笔,就卓子上取纸一片,书写"张邦昌"三字,即不是文字上书,遍呈在坐,相顾失色,皆莫敢应,别无语言。其所写姓名文字系宋齐愈手自掷去,会即时起去。是时,只记得胡舜陟在坐,司业董逌午间亦在坐,未委见与不见。其余卿监郎官,会以到局未久,多不识之。'及根取元状单子勘,方招。捡准建炎元年五月一日赦书内一项:'昨金人迫胁张邦昌僭号,实非本心,已复归旧班,其应干供奉行事之人,并与放免。法寺称宋齐愈系谋叛不道已上皆斩,不分首从;赦犯恶逆以上罪至斩,依法用刑。宋齐愈合处斩除名。犯在五月一日大赦前,合从赦后虚妄,杖一百,罚铜十斤。情重奏裁。'同奉圣旨:宋齐愈身为士大夫,当守节义,国家艰难之际,不能死节,乃探金人之情,亲书僭逆之名姓,谋立异姓以危宗社,造端在前,非受伪命臣僚之可比,特不原赦,依断,仍命尚书省出榜晓谕。"吴江王份之孺云:"唱之者杨愿也,绍兴中,附丽秦桧为签书枢密院命矣。"

夫近又得张栻敬夫记其父魏公浚语,益明其风指左证之冤。今备书云:建炎元年,大人朝南京为虞部员外郎,时宋退翁齐愈为谏议大夫,旧相好也。南京庶事草创,就置三省于行宫,李公纲秉政月余矣。一日,夜漏下,大人过退翁省中,见退翁笑曰:"今日李仆射有三札,李公素有名誉,所建明乃尔! 一欲尽括天下之马;其二欲括东南民财,听富室尽输,不限以数;其三欲郡增置兵,大郡二千人,次千五百人。子以为何如?"大人曰:"胡可行也?"退翁曰:"然。西北边之马,今不可得,今独江淮以南耳,其马可用耶? 民财,第其等限而取之,犹恐其扰,况此可艺极耶? 至于兵,假若郡增二千,月费十万缗以养,今时州郡堪此耶? 素有额者且不能满,况外增耶? 某方论其不可矣。"复捧腹而笑,出其札以示大人,大人曰:"不可上也。"退翁愕然曰:"公知其札已是不可,某论之而云'不可上',何也?"大人曰:"宰相不胜任,论去,谏官职也。岂有身为相未几,上三事而公尽力驳之,彼且独不怒者? 公欲论其不可相耳。"退翁不乐,曰:"吾故为其有虚名,但欲论此三事。"既而语颇厉,大人即退卧省中,展转曰:"人虽至交,亦有不可言者。"翌日,遇朝参,郎省亦入见,退翁上对。少顷出,过省门相遇,望见其有得色。前执手曰:"适奏昨札,上甚喜。"大人摇首曰："恐公受祸自此始矣。"退翁犹怃然而去。居四日而难作。张邦昌之挟贼以僭也，在金营议已定，今载于诸录，可考验也。退翁自会议所归，遇乡人问之，曰："今日金所立者谁？"退翁书邦昌姓名于掌以示之。而李丞相付狱观望，以为退翁。丞相竟匿其稿，而执李会章论退翁死。李公旋罢相。后上亦闻其详，恻然仁闵，复退翁官而官其子。己卯夏，栻侍旁闻之，敢私志云。见之《长编》靖康二年二月注。李忠定号为中兴名相，而私意害人，亦复如是，与夫褚河南之谮刘洎，陆敬舆之短窦参，殆一律矣。白圭之玷，可胜叹喟。其后御史马伸疏忠定之罪，首以三事为言。

　　洪刍驹父等狱案，亦得之陆务观，云亦是省部散失史册所遗者。建炎元年八月十四日，尚书省送到侍御史黎确奏：准尚书省札子，五月十八日同奉圣旨："访闻昨来京城围闭，王府、主第及宗室、戚里之家，以至庶民，根括金银，官司周懿文、王及之、余大均、胡思、陈冲等，因缘为奸，隐匿财物万数浩瀚，及聚饮歌乐，无所不为。士大夫负国至此，难以一例宽贷。可差黎确、马伸就台根勘，具案闻奏施行。"洪刍罢谏议大夫，张才卿罢刑部郎中，胡思、王及之、余大均、周懿文、陈冲并先已放罢。今勘到具撮明白刑名下项：降受朝散郎、前太仆少卿陈冲，差往亲懿宅抄札，将王府果子吃用，摘花归家，与内人同坐吃酒，令内人唱曲子；见牙简隐匿，公然受犒赏酒，并钱将出，剩金银，待隐匿入己收掌，未曾取。讨绢六百一十五匹。除轻罪外，准条监主自盗，合绞刑，赃罪处死，除名，该大赦原免，缘五月十八日奉圣旨"难以一例宽贷"，根勘闻奏。前大理卿周懿文抄札景王府，吃蜜煎等，将摩孩罗、士女孩儿等归家，受犒设酒，及吃宫人酒果交观，计赃六匹六尺。除罪外，准条行下合杖六十；公罪赃外，笞五十。不曾计到摩孩罗赃，如不满百文，系城内窃盗，杖八十；如满百文，杖一百，赃罪定断议赃外，杖九十，罚铜九斤，入官。放罢。在赦前，合原朝议大夫、前刑部郎中张才卿差起发懿亲宅金银，吃内人酒果等，与内人边氏离三四步坐吃酒，令内人张福喜唱曲子，受犒设酒，将抄札扇儿、摩孩罗等归家，受酒估赃，计绢八匹罗七尺。除轻罪外，准条与所部接坐，合徒二年；私罪官减外，徒二年半。罚铜三十斤入官。放朝散大夫洪刍差抄札见景王府祗候人曹三马,后嘱托余大均放出,将来本家同宿,顾作祗候人。准条监守自犯奸,合流三千里。私罪议减外,徒三年,追一官,罚铜二十斤,除名勒停。朝请郎、前吏部员外郎王及之抄札金银,见官属将宁德皇后亲妹追提苦辱,并不施行,及吃受沂王府婕好位酒食,不铃束觉察人吏,与郑绅家女使娇奴等私通。及犒设酒,根括金银,买抵包换入己。计赃二十五匹。除轻罪外,准条系以私物贸易官物计利,以盗论,合加徒流赃罪,追六官,除名勒停。朝散大夫、前司农卿胡思推择张邦昌表内,添入谄奉语言,及抄札棣华宅,有祖宗实录借看,及罢馆伴,不合借破马,太仆寺差到,马点数不见,是大王府公然乘骑;不见实录十册,认是亲事官失去。除轻罪外,系不应为重,合杖八十,赃罪外,杖六十,先次据于照人说出逐人罪犯。朝请郎、前添差开封少尹余大均往景王府乔贵妃位抄札到金银,与内人乔念奴并坐饮酒唱曲子,以赍首金银为由,放乔念奴乘马归家,收养作祗候人;隐藏根括笼子一只,寄金银库内,于内取出麝香二十脐、余被府尹纳了。除轻罪外,据内不估到所盗麝香钱,如满十贯,系监主自盗,加役流远,追举官,除名勒停。如满三十五匹,合绞刑,赃罪除名。朝奉郎、主客员外郎李彝差往王府抄札,与内人曹氏等饮酒,及与内人乔念奴等饮酒并坐,知余大均、洪刍等待雇买曹氏等,放令逐便,请洪刍等筵会,令曹氏女使唱曲子。除轻罪外,准条,李彝系不应出谒而出谒,合徒二年,私罪追两官,勒停。案后收坐,该赦原。五月十八日同奉圣旨:余大均、陈冲、洪刍情犯深重,论并当诛戮,各特贷命,除名勒停,长流沙门岛,永不放还,至登州交割;张才卿责受文州别驾,雷州安置;李彝责授茂州别驾,新州安置;王及之责授随州别驾,南恩州安置;周懿文责授陇州别驾,英州安置;胡思责授沂州别驾,连州安置。并依断。其后驹父渡海有诗云:“关山不隔还家梦,风月犹随过海身。”竟没于岛上,又由妇人焉,死甚可哀,言之丑也,不欲宣之。有子桢,字仲本,亦能诗,为徐师川婿,尝出知永州。

　　黄进者,本舒州村人。少为富室苍头奴,随其主翁为父择葬地于郊外山间。每葬师偕行,得一穴最胜,师指示其主云:“葬此,它日须出名将。”进在傍默识之。是夕,乃挈其父之遗骸瘗于其所,主家初不知为何人也。已而逃去为盗,坐法黥流。又数年,天下乱,进鸠集党类,改涅其面为两旗,自号"旗儿军",寇攘淮甸间,人颇识之。朝廷遣兵捕之,遂以众降,制授右阶。后累立战功,至防御使。

自绍兴讲和以来,金使经由官私牌额,悉以纸覆之,盖常年之例也。隆兴间,金使往天竺山烧香,过太学门,临安尹命官吏持纸往幂"太学"二字。有直学程宏图者,襕幞立其下,曰:"太学,贤士之关,国家储材之地,何歉于远夷?"坚执不令登梯。吏以白于尹,尹以上闻,阜陵嘉叹久之,遂免。至今循之。宏图后登第,上记其姓名,喜其有守,擢大理司直,迁丞而卒。宏图,番阳人,词翰亦佳,然使酒难近,人多忌之。

乾道中,赵渭磻老为临安尹。时巨珰甘升,权震一时,有别墅在西湖惠照寺西,地连郡之社坛,升欲取以广其囿,磻老欣然领命。有州学教授者,入议状,以谓"戎祀国之大事,岂可轻徇阉寺之欲,易不屋之祭耶?"力争之,卒不能夺而止。忘其姓名,或云石斗陆九渊,未知孰是焉。

钱处和,绍兴甲子岁为明州通判,招魏南夫处宾馆。史直翁乃南夫同舍生,偶罹横逆拘系。适岁当行科举,南夫为请于处和,处和怜之,恳太守始得就试,遂预首荐。明年,登进士第,调余姚尉,复与南夫为代。其后二公皆登揆路。处和虽止参预,然常行宰相事。异哉!

思陵绍兴乙亥岁,秦桧之殂,更化之初,窜告讦之徒张常先而下前后凡十四人。此盛德大业,耻言人过,仁厚之风,合符昭陵。后来编纂《圣政录》,适秉笔之臣,有托其间,群从者略而不书,是致读者为之愤然。近修《实录》乃用其徒子弟位长史局,不但未必发明伟绩,且使秦氏奸恶,殆将并揜,深用叹惋。

高抑崇阅,绍兴中为礼部侍郎,忤秦桧,以本官奉祠四明里中。疾笃丐休致,且以书诉于秦,觊复职名,庶几禄及后人。盖是时有制,虽侍从未复元职,格其赏延故也。述其穷困之状,言极激切。秦览书,初亦怜之,呼持书之仆来,询其生计如何。而仆者强解事,乃为夸大之语,妄增其产业以白于秦。秦怒云:"高抑崇死犹诳人如此。"竟寝其请。至秦亡,始追贲次对而获恤典。

隆兴初，有太学生张行简者，临安人也。尝与同舍生游西湖，俱大醉，委之而去，卧于大佛头石像之阴。夜半，月色如昼，酒亦少醒。有素衣妇人者至其所，云："妾家距此不远，可同归少款否？"生领略之。至其舍，屋宇帷帐甚为雅洁，亦有使令之属，逢迎悉如意旨，遂寓止焉。由是流连数日，燕饮甚欢，情意既洽，遂至忘归。妇曰："君怀家否？往返当自若也。"自是生时造之，益以胶固。生曰："吾家稍宽敞，可以偕往否？"妇曰："此亦不惮，但有所碍而不可入禁城，奈何！"再三询之，云："君诚有意，可访寻鹁梧丁二枚，贴于钱塘门，即无所惧矣。"生扣问为何物，妇曰："刑人之杖疮膏药厬也。"生为经营得之。抱关者疑而问焉，生云："有所厌胜而然耳。"已而，妇果与之俱造其庐，亦无以异于常人。然自此多疾疢，日觉羸瘠。忽有道人至其门，见之，云："君之所遇，乃草木之妖，若不舍之，必有性命之虞。"生皇惧，询之，曰："此魅不敢过江，且亟往浙东避之即免。"生从其言。挈囊登舟之际，妇人者踉跳戟手岸侧而詈。既次会稽，偶有同斋生延伫以处，自是日向安宁，出入起居如常。积是三阅寒暑，或有勉其还家者，且曰："岁月既久，魅必他往，不能为祟，可无所虑焉。"生于是整棹西归。方登石塘，妇已先在焉，喜气可掬，遂与之同归。不数月，生疾复作而死，竟不知为何怪也。

隆兴三年，赵丞相汝愚廷试第一。时外舅为刑部侍郎，胪传既归，明清启云："适曾称贺否？宗室魁天下，今日创见，可谓熙朝盛事，礼宜为庆。"外舅击节云："班行中适无一人举此，今无及矣。"太息久之。

绍兴乙卯，张安国为右史，明清与仲信兄在左，郑举善、郭世模从范、李大正正之、李泳子永多馆于安国家。春日，诸友同游西湖，至普安寺。于窗户间得玉钗半股、青蚨半文，想是游人欢洽所分授偶遗之者。各赋诗以记其事，归以录示安国。安国云："我当为诸公考校之。"明清云："凄凉宝钿初分际，愁绝清光欲破时。"安国云："仲言宜在第一。"俯仰今四十余年矣，主宾六人俱为泉下之尘，明清独苟存于世，追怀如梦，黯而记之。

左与言，天台之名士大夫也。其孙衷其乐章，求为序其后云：政宣之际，文物鼎盛，异才垄出。天台左君与言，委羽之诗裔，饱经史而下笔有神，名重一时，学者之所敬仰。策名之后，籍甚宦途，屡彰美效，蔼闻荐绅。著书立言，自托不朽。平日行事，盖见之国子虞仲容所述志碑详矣。吟咏诗句，清新妩丽，而乐府之词，调高韵胜，好事者尤所争先快睹。豪右左戚，尊席一笑，增气忘倦。承平之日，钱塘幕府乐籍，有名姝张足女名浓者，色艺妙天下，君颇顾之。如"无所事，盈盈秋水，淡淡春山"，与"一段离愁堪画处，横风斜雨摇衰柳"，及"堆云翦水，滴粉搓酥"，皆为浓而作。当时都人有"晓风残月柳三变，滴粉搓酥左与言"之对，其风流人物可以想像。俶扰之后，浓委身于立勋大将家，易姓章，遂疏封大国。绍兴中，君因觅官行阙，暇日访西湖两山间，忽逢车舆甚盛，中睹一丽人，褰帘顾君而謦曰："如今若把菱花照，犹恐相逢是梦中。"视之，乃浓也。君醒然悟入，即拂衣东渡，一意空门，不复以名利关心。老禅宿德，莫不降伏皈依。此殆与夫僧史所载楼子和尚公案，若合一契。君之孙文本，编次遗词若干首，名曰笰翁长短句，欲以刻行，求余为序。笰翁，君之自号，与言其字，字盖析其名云。余既识之，服膺三叹，并为书此一段奇事。

绍兴辛巳冬，完颜亮自毙于扬州。明年正月，诏起外舅方务德帅淮西，明清实从行。至建康，与张安国会于郊外。安国之妹夫季瞻伯山、外姑之甥郑端本德初共途，皆士子也。是时得旨，令募童行往捃战没之骼于淮上，外舅从蒋山天禧二寺得二十辈。以二月六日，自采石共一大舰渡长江。是夏，孝宗即位，明清与伯山、德初俱以异姓补官，外舅、安国皆正席禁路，僧雏悉祝发为浮屠，想是日日辰绝佳耳。

欧阳文忠公诗云苏子美挽词"奏邸狱冤谁与辨，高桥客死世通悲"，以为用事亲切，而世不知"高桥客死"之义。后来，绍兴中，秦熺势方鼎盛，尝托其客陆升之仲高下问于明清。偶省记得见《吴地记》，后汉梁鸿客食吴门，死于高桥，而子美亦然，因以告之，熺甚以赏激。未几，会之殂，熺亦逐矣。

绍兴辛酉冬，仲信兄客临安，尝观是岁南郊仪仗于龙山茶肆。忽一长须伟男子，衣青布袍，于稠人中叹息云："吾元丰五年游京师，一见之后，不曾再睹。今日之盛，殆与昔时无异焉。"仲信知其异人也，亟下拜，俯兴已失之矣。

绍熙癸丑岁，明清任签书宁国军节度判官，时括苍蒋世修继周，以独座前资来为郡守。宣城旧例，每发军食，则幕职兵官俱集仓中。是岁十二月散粮，明清以私务入仓小缓，逮至其门，见诸君联车而出，悉有仓黄之状。询之，曰："通判周世修建议，欲以去岁旧粟支其半，群卒恶其陈腐，横梃于庭，出不逊语，欲入白黄堂矣。"且众兵随其后。明清亟止之云："可复归旧次。"一面令车前二卒长传呼喻之云："佥判适自府中来，已得中丞台旨，令尽支新米。"亟令专知吏往白史君，告以从权便宜之故。于是卒徒欢呼帖服，无敢哗者。不然亦几殆焉。蒋守由此遂相论荐，然露章中不欲及也。

汪彦章在京师，尝作小阕云："新月娟娟，夜寒江静山涵斗。起来搔首，梅影横窗瘦。好个霜天，闲却传杯手。君知否？乱鸦啼后，归兴浓如酒。"绍兴中，彦章知徽州，仍令席间声之。坐客有挟怨者，亟以纳桧相指为新制，以讥会之。会之怒，讽言者迁之于永。

王纶字子霞。其家尝有神降，自称西华宝懿夫人，年二十余，绝代之容也。其形或隐或现。有二诗以遗子霞，今录于左："灵台本清明，花木相葳蕤。宫深藏白日，金堂吐华辉。弹棋玉局寒，斗草珠露晞。阆苑多美人，形飞心不移。醉眼凭春风，惟有蝴蝶知。如何忽相失，负我云际期。而今两鬓脚，迤逦秋妇丝。紫清秘消息，行云住无时。世间若寂寞，空此随盛衰。"又云："洞境春色长，人间夜寒早。西真不翦天外花，东君自戮云边草。玉女焊萼香满枝，碧玉养根红落稀。青玉楼台二十里，二十里花尽桃李。凌风人去鹤不还，万年依旧瑶池水。阑干有曲通太无，宝井霞牵金辘轳。风回紫伞绣衣卷，流金影转烟鸾孤。可怜世事杳难尽，至道虽元眉睫近。埃尘点染空自悲，此时不来来何时。"字画尤佳，今尚藏子霞所，虽置在李太白诗中，谁复疑其非耶。

靖康丙午，何文缜㮮作相，敌骑初退时，议欲率文武百僚拜乞乾龙节上寿，文缜命吏部郎中方允迪元若为三表，才上，即允所请，后二表不复用。文缜与允迪束称叹不已，且云："恨不果用，然当诵佳句于百僚之士也。"今列于后：

第二表云：立为天子，肇兴黄帝之英姿；请祝圣人，允执唐尧之谦柄。载陈恫愊，冀动渊衷。中谢。恭惟皇帝陛下，勇智生知，聪明性禀。东宫主器，盛德久孚于寰瀛；内禅膺图，大计果安于社稷。厉精为治，侧身修行，俭奉己而厚事亲，宽御众而亟承祖。维震夙之令旦，萃普率之欢呼。五百岁为春秋，宁俯稽于南楚；一千年而华实，盍远取于西池。何睿意之勿休，当缛仪而固拒。伏望昭一人之有庆，纳万寿之无疆。陋彼太宗，南向辞而必再；超乎孝武，中岳呼而止三。幸赐俞音，式符公愿。

第三表云：节纪千秋，归美浟形于剡牒；享加三夏，隆谦再却乎举觞。效馨舆情，颇干宸听。皇帝陛下兆于变化，生而神灵。举建已诞弥之辰，应流虹长发之端。尽仁皇之忠厚，指乾元于向辰；有神祖之聪明，数同天于过信。正心诚意，勤邦俭家。地辟天开而除妖灾，雷厉风行而成功治。龙楼问寝，欣西宫鸣跸之还；虎符发兵，致北鄙控弦之远。式全丕构，允谓中兴。岂有首临兰殿之期，而当力拒华封之祝？伏望皇帝陛下，制行不以己，敛福用锡民。登五咸三，伟示慈之高宴；桑田东海，协称寿之欢谣。罔违就日之怀，克受后天之算。

陈桥驿，在京师陈桥、封丘二门之间，唐为上元驿，朱全忠纵火欲害李克用之所，艺祖启运立极之地也。始艺祖推戴之初，陈桥守门者距而不纳，遂如封丘门，抱关吏望风启钥。逮即帝位，斩封丘而官陈桥者，以旌其忠于所事焉。后来以陈桥驿为班荆馆，为夷使迎饯之所。至宣和五年，因曾说建言，遂命羽流居之，锡号曰鸿烈观。侂扰之后，又不知如何耳。说字徽言，鲁公之曾孙，慥之父也。

宋咸茂谈录云：祖宗以来，殿试用三题，为以先纳卷子、无杂犯者为魁。开宝八年廷考，王嗣宗与陈识齐纳赋卷，艺祖命二人角力以争之，而嗣宗胜焉，嗣宗遂居第一名，而以识为第二人。其后嗣宗帅长安，种放自从官归终南山旧隐。一日，嗣宗往访之，放命诸侄罗拜，而嗣宗倨受之，放以为非而诮焉。嗣宗怒云："舍人教牧牛儿时，嗣宗已状元及第矣。"放曰："吾岂与'角力儿'较曲直耶？"遂至忿争。事既上闻，诏放徙居洛川以避之。已上宋录中云，盖亦略见之《三朝史》矣。而司马温公《涑水纪闻》乃云："嗣宗与赵昌言角力而胜。"昌言乃太平兴国四年胡旦榜第二人,嗣宗廷试所争乃陈识,温公所纪偶误焉。嗣宗是岁以《桥梁渡长江》为赋题,盖当年下江南一时胜捷故耳。

蔡襄在昭陵朝,与欧阳文忠公齐名一时。英宗即位,韩魏公当国,首荐二公,同登政府。先是,君谟守泉南日,晋江令章拱之在任不法,君谟按以赃罪,坐废终身。拱之,望之表民同胞也。至是,既讼冤于朝,又撰造君谟《乞不立厚陵为皇子疏》刊板印售于相蓝。中人市得之,遂干乙览,英宗大怒,君谟几陷不测。魏公力为营救。事见司马温公《斋记》及欧公《奏事录》,记之甚详。君谟终不自安,乞补外,出官杭州。已而忧去,遂终。故魏公与君谟帖云:“尚抑柄用,此当轴者之愧也。”亲笔今藏吕子和平叔处。

先祖旧字子野,未登第少年日,携欧文忠公书贽见王文恪于宛丘。一见甚青顾,云:“某与公俱六一先生门下士,他日齐名不在我下。‘子野’前已有之,当以我之字为遗。”先祖遂更字曰乐道。今世多指为一人。先祖位虽不及文恪,而名誉籍甚于熙、丰、符、祐之时。文恪长子仲弓实韩持国婿,持国夫人实祖母亲姑,由是情益以稔熟。仲弓之弟即幼安,始名宁,后以有犯法抵死者,故易名襄,而仍旧字。靖康初,以知枢密院为南道总管,辟先人为属,偕行。有《督勤王师檄文》,荐绅多能诵之。

秦桧初擢第,王仲㠓以其子妻之。仲㠓后避靖康讳,改名仲山。仲山朴鲁庸人也,禹玉子。而郑达夫,禹玉婿,达夫之室,盖桧妻之亲姑也。达夫当阙,处以密州教授。翟公巽为守,前席之;代还,荐于朝,得学官。继而夤缘郑氏,中宏词科。吴开力荐其才学,除郎。靖康中,张邦昌使金,辟置为属以行。邦昌使还,拜相,属吕舜徒好问荐引入台,浸迁中司。金酋粘罕妄有易置君位,监察御史马伸首倡大义,上书粘罕言甚不然,桧偶为台长,列名为冠。酋怒,拘桧与其妻王氏于北方。桧既陷金,无以自存,托迹于金之左戚悟室之门。悟室素主和议者也。凡经四载,乃授以旨意,得其要领,约以待时而举,密纵之,使挈其妻航海南归,抵涟水军。敌始至淮上,既退,郡人推土豪丁超者领郡事。敌再至,遂杀超。敌退,众复推超子襆领军事,年方十八九矣。襆假舟至楚州,令典客王安道偕行,几为郡守杨撰所斩,赖揆之馆宾管当可捄之得免。时韩蕲王世忠驻军高邮,会之不敢取道于彼,复自楚泛洋至会稽,入三江门。思陵方自温明乘槎入越,暂以驻骅。富季申为中丞,露章乞逊其职于桧,上亦怀其前日之忠,即从季申之请。寻登政府,继拜右揆,引公巽为参政,季申为右府。富、翟二公后卒不合而纷竞。二公罢政,然悉存其职名,示以报德。桧乃建"北客归北,南人留南"之策,盖欲与悟室相应。大咈人情,遂从策免。故制云:"自诡得权而举事,尝耸动于四方;逮兹居位以陈谋,首建明于二策。罔烛厥理,殊乖素期。"褫职告云:"耸动四方之听,朕志为移;建明二策之谋,尔材可见。"投闲屡岁,吕颐浩、赵鼎、张浚前后为相,皆主战者也。适郦琼以庐州叛,而德远以弗绩责。粘罕诛死。刘豫废斥,悟室大用事。思陵兴念疆场生灵,久罹锋镝,亦厌佳兵。桧起师浙东,入对之际,揣摩天意,适中机会,申讲和之谋,遂为己任焉。大契渊衷,继命再相,以成其事。凡敌中按籍所取北客,悉以遣行,尽取兵权,杀岳飞父子,其议乃定。逮太母回銮,卧鼓灭烽逾二十年,此桧之功不可掩者也。故洪光弼于稠人广众中,昌言室撼托其寄声之语,切中其病,乃遭远窜。及夫求表勋之后,挟金之势,权倾海内,不知有上。钤制中外,胁持荐绅,开告讦之门,兴罗织之狱,士大夫重足而立。使其无死,奈何! 后来,完颜亮举国南寇,豕突两淮,极其蹂践。适有天幸,颜亮自毙,不然,殆哉! 由桧之军政弛备所以致此,桧之罪不可逃者也。纪之于帙,可不戒哉! 其后挽达夫之子亿年视仪执政。开以滔天之罪,流于南州,既放逐,便卜居于章贡。以其婿曾惜作郡守,王安道为江淮守帅,以禩为观察使,邦昌家属悉得还浙中,皆酬私恩也。

卷第五

秦桧既杀岳氏父子，其子若孙皆徙重湖闽岭，日赈钱米以活其命。绍兴间，有知名士知漳州者，建言："叛逆之后不应存留，乞绝其所急，使尽残年。"秦得其牍，令札付岳氏知而已。士大夫为官爵所钓，用心至是，可谓"狗彘不食其余"矣。不欲显言其姓名，以为荐绅之玷。

明清前志纪孙仲益童子之年对东坡先生之句，始得之仲益之从子长文，云其家世居毗陵之洛社，盖仲益之先人教村童于市中，东坡元祐四年自禁林出牧杭州时也。案仲益以辛酉生，是年八岁矣。近观周益公仲益之集序云，得之于葛常之立方所著《韵语阳秋》，且辨之云："东坡自南海归时，仲益已年二十一矣，当是元丰乙丑自汴过常州时。"东坡自黄州内徙，未始至洛社，而海南归，终于毗陵。由是而知葛、周二说皆非，当以长文之言为正也。

东坡先生南迁北归，次毗陵时，久旱得雨，有里人袁点思与有一绝云："青盖美人回凤带，绣衣男子返云车。上天一笑浑无事，从此人间乐有余。"书以呈东坡。坡大喜，为之重写，且以手柬褒之。至今袁氏刻石藏于家。点字思与，后登第，仕至朝请大夫，以名字典郡云。

仲弥性并，淮上知名士也。登第之后，诸侯交辟，久之，得通判湖州。杨娟韵者，以色艺显名一时，弥性惑之，誓与偕老。韵以诞日尝作醮供，弥性为代作醮词云："身若萍浮，尚乞怜于尘世；命如叶薄，敢祈祐于元穹。适届生初，用输诚曲。妾缘业如许，流落至今。桃李半残，何滋于苑囿；燕莺已懒，空锁于樊笼。只影自怜，寸心谁亮？香炉经卷，早修清净之缘；歌扇舞衫，尚挂平康之籍。伏愿来吉祥于天上，脱禁锢于人间。改往修来，收因结果。辟垆织屦，早谐夫夫妇妇之仪；堕珥遗簪，永脱暮暮朝朝之苦。人之所愿，天不可诬。"仲杨故事虽甚亲切，然黩穹甚矣，寻即俱去。适王承可铁为郡守，与之启云："方将歌别驾之功，闻已泛扁舟而去。"已而兴大狱，弥性坐废二十余年，逮秦桧殂，始获昭雪。继而入丞光禄，出守蕲春，以疾终于淮东仪幕。

嘉祐末，有人携一巨鱼入京师，而能人言，号曰"海哥"，炫耀于市井间。豪右左戚争先快睹，亦尝召至禁中。由是缠头赏赉，所获盈积。常自声一辞云："海哥风措。被渔人下网打住。将在帝城中，每日教言语。甚时节、放我归去？龙王传语，这里思量你，千回万度。螃蟹最恓惶，鲇鱼尤忧虑。"李氏园作场，跃入池中，不复可获。是岁，黄河大决，水入都门，坏民室宇数百家。已而昭陵升遐。

熙宁辛亥壬子闻武侯李，忘其名，以供奉官为衡州管界巡检。一日，捕盗入九疑山，深历岩洞，人迹罕到，忽瞻绝岭，路穷不可上。徘徊民舍，遥见岭中间有青烟一点，了然可辨。指以示村民，云："居常见之，但不知为何人所燎，樵夫牧子皆不能到也。"李侯识其处，归以告同姓李君彦高者。李君业文，志未就，尝以养生不死为意，每闻有方士异人，必访之，与游处者皆此类，恨未有得也。闻侯言，颇喜。即裹粮，假侯所与同行从者一人，往诣之。至其所，则独寻路望青烟处，攀缘藤而上，崄危备历。忽得平地，有草堂三数间。叩门而入，见一老人燕坐其中。忽睹李君，惊相谓曰："何为至此？此非人迹可到也。"李揖前，叙以久慕仙道，闻所闻而来。老人笑揖，与之坐。李问老人姓名。曰："吾唐末人，因离乱避世，隐历名山，来此亦三五十春秋矣。姓邢氏，名字不必问，吾亦不欲闻于世。"李意其为邢和璞，问之。则曰："非也。"因问李曰："吾避世久，不接人事，闻今国号宋，不知天子姓氏，传代几叶，年号谓何？"又指面前二小池，仍有竹筒作刻漏状，曰："从来甲子日辰，吾尽知之今日乃何日。所不知者国姓、年号耳。"李因尽告以熙宁天子姓号，传序年月。仙老颔之而已。李又问："仙翁居此既久，曾略下山乎？"曰："从来此，凡三因取水到半山下，他时未尝出也。"因叩以仙经道术要诀。则曰："此当修养自到，难以口耳传授。"但以修心治性，凡为人伦、慈爱、忠孝事告之。李不得问，粮尽乃归。又数日，即为五日粮裹之而去，复至其所。其人笑喜问劳，李遂留五日。复叩之，则告以吐纳炼养之事。每坐语倦，则援瑟鼓之，其声韵非世间之音。李绝不能辨其曲操，但觉草堂中逡巡如惊雷怒涛之声，既罢，而余韵不绝也。左右凡四窗，皆长。几上文史如世间书，李窃视之，皆墨字天篆古文，间以朱字，如刊正校雠者，李皆不能晓。五日粮尽，又归。归数日，又携五日粮以往，仙翁复笑延之如故，渐无间矣。李复叩之，遂以内丹真诀语之。李所说如此，恐其别有得，亦不传也。因谓李曰："吾以天上校对天书，自有程课，不须复来，恐妨吾事，吾亦不久徙居他处矣。"李问以窗间道书。云："此皆仙房所著天上书，凡系仙籍，皆与分校勘。此吾所校，已则归之，别给他书也。"因赠李十二诗，临行又书一绝，皆天篆古文，李初莫能识。其后竟不复往，莫知所之也。李得诗凡与同志或吾徒中善隶篆者讨寻十八年，方尽识十三篇，遂以传世。李今在衡、汾、湘间，颇有所得，但人无知者耳。罗君言如此。罗善篆，亲授于李君天篆本摹之，许他时见赠，因默记十三篇，手录示予，云："此湘潭罗仲卫所记"云。诗列于后。其题云《诗赠晚学李君》。

虚皇天诏下仙家，不久星横借客槎。壁上风云三尺剑，林前龙虎一炉砂。行乘海屿千年鹤，坐折壶中四季花。为爱《阴符》问玄义，更随骊海入烟霞。

久掩山斋看古经，但矜猨鹤事高情。炉中且喜丹砂死，岩下近闻朱草生。堪鄙尘寰驰妄理，莫教流俗听希声。清溪有路无人识，独弄沧浪一濯缨。

诘曲川原几里深，偶寻岩壑在前林。长怀万古典坟乐，果称几年泉石心。将著道经延白日，偷收岩药化黄金。山中欲访逍遥客，为报白云深处寻。

人稀境静绝尘埃，野客寻源或到来。怪石结成真洞府，乱山堆就假楼台。久穷至理难期老，独放真机学未该。得共山翁话虚寂，不妨岩下且徘徊。

翠微堆里隐云烟，石拥藤萝小洞天。常篆丹符驱木魅，每呼山鬼汲溪泉。养成玉座千年石，炼过河车九转铅。记得潜虚真伴侣，出门争赠买山钱。

秋景澄清物象希，山家沉寂俗难齐。常听岭瀑连云泻，时有林猿隔岫啼。月黑笈明灵武动，夜寒囊破寒驴嘶。收身已脱人间世，赢得烟萝在处题。

丹雄初伏柜方灵，万里蓬壶第一程。神室不封添夜火，金砂新浴炼真形。稚川箧里藏丹诀，《鸿宝》方中检药名。既得仙人小龙虎，便寻根本到长生。

旋滴岩头石里泉，研硃将点《洞灵篇》。只看壁外数千卷，胜走人间三百年。何事役心求妙友，便须穷理到真仙。竹关松径逍遥境，雅使山翁恣意眠。

眼前龙虎实纷纭，说破丹砂世莫闻。故脱衣冠寻旧隐，便将猿鹤入深云。闲编野录前朝事，静校仙经古篆文。满腹分明惟自识，尘寰谁认紫阳君？

无言隐几闭松扃，万古襟怀独自灵。笔研特铺三卷篆，弹冠尝动一簪星。青童去撅南山术，野客来寻北帝经。天道不须窥牖见，满门山岳自青青。

山家何物是知音，也胜人间枉用心。学就万年龟喘息，习成千岁鹤呻吟。冲和久养通灵兽，关节常调不死禽。独对翠微谁更问，鼎分三足伴光阴。

世事功名不足论，好乘年少入真门。浑如一梦庄仙蝶，况是千年柱史孙。须向《黄庭》分内外，不交《周易》秘乾坤。他年陵谷还迁变，家住蓬瀛我尚存。外一绝云：

日转蓬窗影渐移，罗浮旧隐别多时。瀛州伴侣无消息，风撼岩前紫桂枝。

靖康元年，金人初犯京师，种师道为宣抚使，李伯纪以右丞为亲征行营使。伯纪命大将姚平仲谋劫贼寨，数日前，行路皆知之，敌先为备。初出师，以为功在顷刻，令属官方允迪为露布。忽报失利，上震惊，于是免伯纪，师道亦罢，复建和议。汪彦章《靖康诏旨》云"方会之文"，非也。今列于后：

臣闻天生五材，自古无去兵之理；武有七德，圣王以保大为先。盖中国之抚四夷，犹上穹之统群物，必春生而秋杀，当仁育而义正。故黄帝神灵，爰亲征于涿鹿。高宗嘉靖，尚远克于鬼方。夏禹舞干而格有苗，周宣饬车而伐猃狁。著在前籍，蔚为显庸。矧当真人之勃兴,端慎昌时之全盛。蠢尔羯寇,干于天诛。猛将如云,愤四郊之多垒;元甲耀日,赫一怒以安民。爰铺张于洪休,以明示于德意。恭惟皇帝陛下,勇由天锡,圣本生知。挺表正万邦之资,擅冠带百蛮之势。《春秋》书王者大一统,会兹御极之年;夷狄闻中国有至仁,盍效充庭之贡。顾肃慎之末裔,为女真之小邦。宜修献楛之恭,自甘张革之陋。乃连叛将,共纵野心。始盗燕云之七州,旋陷浚邢之两郡。敢逾天险,径窥日畿。负上皇不资之异恩,恣其悖侮;意天朝久安而弛备,可以凭陵。骤驱羊群,辄攻雉堞。注飞矢以如雨,仅此射天;倚长梯而侵云,难于超海。尽矣豺狼之技,屹然金汤之雄。少却阵以暂休,假请和而骄索,求五府巨储之金帛,割三镇难捐之土疆。且质宰臣,仍要帝弟。惟兼忧外夷之生命,深轸渊衷,而曲从近弼之远猷,勉徇溪欲。其金贼谓我怯懦,愈怀贪婪。敛重赂而弗厌,散轻兵而益骋。蹂籍我郡县,惊扰我辅邑,虏掠我人民,敧攘我牛马。发冢取货,增盛怒于田单;髡发为兵,渺长思于管仲。神夺其魄,肆眈荒淫,罪通于天,决取殄灭。特游魂于死地,似绝命于归途。可破之形,有识共见。臣恪遵睿训,大整军容。近越三旬之间,式备六师之众。威名有素,敢期草木之能知;号令所加,庶几旗帜之改色。数出精锐,分据要冲。拥旄之宿将鼎来,勤王之勇士雾集。正月某日,某官种师道统若干人来;某日,某官姚平仲统若干人来;某官种师中统若干人来,诸处将兵,排日以列于此,以夸大之。各怀义概,愿净妖氛。奋不顾身,古之名将弗过;前无横阵,誓难与贼俱生。驰逐习而进止闲,约束明而申令熟。御得其道而咸作使,虑善以动而惟厥时。以战,谁能御之;有礼,其可用也。筹运玉帐,无亡矢遗镞之劳;气吞沙场,断匹马奇轮之返。二月一日,计议已定,部分最严。是夜子时,遣范琼领二千骑,衔枚而西,斫营以入,致群贼之自扰,引大兵而夹攻、杀气干霄,呼声动地。臣于是时,躬帅禁旅,嗣承德音,出荣德门至班荆馆,既亲行阵而督战,亦度缓急以济师。蜚廉效灵,鼓疾风而向敌,回禄助顺,扇烈火以燎原。天道甚明。人心争奋。埽窟穴之盘结,变灰烬于须臾。臣又分兵以解范琼之围,遣骑以助平仲之进。疾如破竹,顺若建瓴。日逐温禺,已示染锷衅鼓之状。章于行说,将罹系颈笞背之刑。观获丑之继来,信犁庭之可待。其金贼道穷矢尽,粮绝人饥,走未□于白驼,斗犹同于困兽。三日卯时,出师而载战,围贼垒者数重。士怒益张,马逸不止。竞执讯而折馘,纷蹀血而履肠。其日午时,某人先遣卫兵三百,易皇弟康王从行之人,出金贼不意,挟康王上马,由某门以归。众智同符,神谋间发。全棠棣之爱,副鹡鸰之求。子仪见虏之诚,斯焉可拟;平原归赵之计,彼若亡奇。其日申时,某人手刃金贼太子,某人擒获叛将药师。剿厥渠魁,垂街张不漏之网;生致反虏,下吏责未酬之恩。凶徒溃而冰消,余众惊而鸟散,亟加追蹑,宁俾逋逃。宝货具存,荀息讵惭于马齿;武威方用,芒弘未议于虎皮。遂收十全之功,何谢八先之略。臣载惟上帝以微晋佑宋,睿主以昌唐应天。日表龙姿,夙膺神与之异;风声鹤唳,助成师至之威。岂容小丑之迷昏,未知初政之精厉,临事而惧,虽有在庭之合辞;惟断乃成,尽出当阳之独运。果因多算,遂奏肤功,挽天河以洗甲兵,裂属国而夷坑谷。受命清庙,方定谋以出征;饬喜端门,俄大献而奏凯。火通甘泉而启文帝,骑至渭水而激太宗。故知王业之难,允发天颜之喜。折随何而置酒,效岂专于用儒;贺小白而举觞,请无忘于在莒。臣猥参迩列,愧乏长才。圣谟洋洋,上禀新书之妙;虎臣矫矫,旁资群策之良。不敢贪天以为功,正欲与众而偕乐。臣无任瞻天望圣、踊跃庆快之至,谨差某官,奉露布以闻。

建炎己酉春,康志升允之帅浙西,辟先人入幕府。时高宗皇帝六飞南幸,先人揣知金敌之乱未已也,辞之。临行,移书志升,乞备西境,言极激切。是冬,敌骑果至,取道之境,悉如先人之言。今载于后:

　　某闻及其时而弗思,思之而不及,此天下事所以大坏而不可救药也。先事而图者,非利害有以见于外,英明有以主于内,则丝纷满前,一是一非,何以适从。此贱子辄献瞽言,冀于信察也。

自以蒙名公殊遇有日矣，宾筵初启，首蒙辟置，恩德重大，非特一己知之，士大夫传以耸动也。昨辞去属邑，不以为忤，未忍默默以负于门下也。切惟朝廷以钱塘重镇、东南要冲控扼之地付于左右，拊绥制、置重任、兼而有之。明公虔奉睿意，令以威驾，风驰电驶，惩恶护善，百废俱起。千里之间，歌颂载涂，杭民图像以事，晨炷香如供佛、事父母。明公既保令名而与俱矣，则图惟厥终，所谓公之安危即国家之安危，其可忽哉！某仕于此，为日滋久，览观山川，考验图史，辄有以为耳目之助，而非苟然也。杭州在唐，繁雄不及姑苏、会稽三郡，因钱氏建国始盛。请以其西境言之：北有常润，下连大江，浙西观察使治所在京口，盖相距数百里形势也。其东沧溟，虽海山际天，风涛豪壮，然海门中流至浅狭，不可浮大舟，匪夷狄能窥。其南则浙江以限吴越。惟州西境无大山长川，虚怯可虞。钱镠本临安人，始因宣歙群盗，米直曹师雄作乱，自乡里起兵，保有临安，人始因余姚，至败黄巢于八百里，威名益振，遂分建八都于两境，精兵各千人，互相策应。新城县圣安都，杜稜守之；富阳县静江都，闻人宇守之；临安县石镜都，董昌守之；余杭县龙泉都，凌大举守之；盐官县海昌都，则徐友及；北关镇则刘孟容；临平镇则曹信；浙江镇则阮结。又置都知兵马寨于龙泉、临安以为援。建八都堂于府第，日与宾幕聚议。至建霸府也，累世皆大兴佛寺于西湖，匪特祈福为观美而已，实据诸峰之险为候望也。结婚宣歙节度使田頵，犄角以备江南李氏。盖钱镠本临安人，又立功起于西境，故知此形势为尽，惟能保其西境。由今观之，今昔虽异，利害一同。自余杭龙泉无五十里，地名霍山，平路如砥，可径抵城下。龙泉拒安吉、广德甚迩。今日议者，惟于苏润二州，置帅宿兵，不知西境乃先务也。某愚戆过计，万一敌骑过江，金陵不可攻，豕突直抵安吉、广德，以摇钱塘，则数百里响动，是邦危矣。伏望台慈，察一方之利害，从邦人之至愿，考八都旧迹，别行措置，闻诸朝廷，使金陵、宣、歙与我相为表里，出兵据险守要，事无不济。余杭、临安两邑土豪，比诸县最为骁锐，择其守令，例假一官以鼓舞之，使扼其要路，逾于金汤之固矣。某少游蒲中，观唐睢阳画像，私切叹曰："此眉宇英威凛然，真足以定睢阳矣，况其胸中哉！"今明公文武忠孝，屏翰王室，保斯人以更生，又朝奏夕下，与圣旨相唯诺，何惜建此于朝，而始终钱塘之人也。张睢阳守一城，捍天下以蔽遮江淮，沮遏贼势。今皇舆新渡浙江，明公能自此郊大振军声，连络江东，挫贼锋，使胡马不敢南牧。较事机轻重，张睢阳何足道哉！有《守御图》一本，随以为献。犯分妄言，无以辞诛。或稍因闲暇，呼之使前，更毕其初说，又幸矣。

曾吉父早岁入馆，然平生不曾关升，以故后来虽为监司、郡守，犹带权发遣也。□□如州资□□□人纵有罢□□□荐剡自若□□也。吉父为广西漕，尝举其属吏姓黄者，改官赴部。告行，忽启吉父云："有一事久拟奉白，先生早往下关升，于门生实有利害耳。"曾氏父子每与客言，以资一笑。徐敦立守滁阳，有郡博士葛镇者，欲上书于朝，大诋王荆公，有云："乞将王安石之亲党尽行窜谪，使天下后世以为邪说之劝。"以副本呈似敦立，敦立笑云："度之斥谪不足道，然公却有利害。"镇询其说，敦立笑云："度乃王氏婿，倘从公言，折了一纸举状矣。"镇赧然而退。二事特相类，并记之云。

《诗话》云："昭陵时，近臣赋诗，一联云：'秦帝宫成陈胜起，明皇殿就禄山来。'或有谮于九重者，上览其首句云'朱衣吏引上高台'，即不复视，天语以为器量如此，何足观耶？谤焰遂熄。"呜呼！昭陵岂不见全篇？倘尽以过目，则不可以回互矣。此尧舜之用心，宜乎享国长久。

历代笔记小说大观总目

汉魏六朝

西京杂记（外五种）　〔汉〕刘歆 等撰　王根林 校点

博物志（外七种）　〔晋〕张华 等撰　王根林 等校点

拾遗记（外三种）　〔前秦〕王嘉 等撰　王根林 等校点

搜神记·搜神后记　〔晋〕干宝 陶潜 撰　曹光甫 王根林 校点

世说新语　〔南朝宋〕刘义庆 撰　〔梁〕刘孝标注　王根林 标点

唐五代

朝野佥载·云溪友议　〔唐〕张鷟 范摅 撰　恒鹤 阳羡生 校点

教坊记（外七种）　〔唐〕崔令钦 等撰　曹中孚 等校点

大唐新语（外五种）　〔唐〕刘肃 等撰　恒鹤 等校点

玄怪录·续玄怪录　〔唐〕牛僧孺 李复言 撰　田松青 校点

次柳氏旧闻（外七种）　〔唐〕李德裕 等撰　丁如明 等校点

酉阳杂俎　〔唐〕段成式 撰　曹中孚 校点

宣室志·裴铏传奇　〔唐〕张读 裴铏 撰　萧逸 田松青 校点

唐摭言　〔五代〕王定保 撰　阳羡生 校点

开元天宝遗事（外七种）　〔五代〕王仁裕 等撰　丁如明 等校点

北梦琐言　〔五代〕孙光宪 撰　林艾园 校点

宋元

清异录·江淮异人录　〔宋〕陶谷 吴淑 撰　孔一 校点

稽神录·睽车志　〔宋〕徐铉 郭彖 撰　傅成 李梦生 校点

贾氏谭录·涑水记闻 〔宋〕张洎 司马光 撰 孔一 王根林 校点

南部新书·茅亭客话 〔宋〕钱易 黄休复 撰 尚成 李梦生 校点

杨文公谈苑·后山谈丛 〔宋〕杨亿口述、黄鉴笔录、宋庠整理 陈
  师道 撰 李裕民 李伟国 校点

归田录(外五种) 〔宋〕欧阳修 等撰 韩谷 等校点

春明退朝录(外四种) 〔宋〕宋敏求 等撰 尚成 等校点

青琐高议 〔宋〕刘斧 撰 施林良 校点

渑水燕谈录·西塘集耆旧续闻 〔宋〕王辟之 陈鹄 撰 韩谷 郑世刚
  校点

梦溪笔谈 〔宋〕沈括 撰 施适 校点

麈史·侯鲭录 〔宋〕王得臣 赵令畤 撰 俞宗宪 傅成 校点

湘山野录 续录·玉壶清话 〔宋〕文莹 撰 黄益元 校点

青箱杂记·春渚纪闻 〔宋〕吴处厚 何薳 撰 尚成 钟振振 校点

邵氏闻见录·邵氏闻见后录 〔宋〕邵伯温 邵博 撰 王根林 校点

冷斋夜话·梁溪漫志 〔宋〕惠洪 费衮 撰 李保民 金圆 校点

容斋随笔 〔宋〕洪迈 撰 穆公 校点

萍洲可谈·老学庵笔记 〔宋〕朱彧 陆游 撰 李伟国 高克勤 校点

石林燕语·避暑录话 〔宋〕叶梦得 撰 田松青 徐时仪 校点

东轩笔录·嫩真子录 〔宋〕魏泰 马永卿 撰 田松青 校点

中吴纪闻·曲洧旧闻 〔宋〕龚明之 朱弁 撰 孙菊园 王根林 校点

铁围山丛谈·独醒杂志 〔宋〕蔡絛 曾敏行 撰 李梦生 朱杰人 校点

挥麈录 〔宋〕王明清 撰 田松青 校点

投辖录·玉照新志 〔宋〕王明清 撰 朱菊如 汪新森 校点

鸡肋编·贵耳集 〔宋〕庄绰 张端义 撰 李保民 校点

宾退录·却扫编 〔宋〕赵与时 徐度 撰 傅成 尚成 校点

桯史·默记 〔宋〕岳珂 王铚 撰 黄益元 孔一 校点

燕翼诒谋录·墨庄漫录 〔宋〕王栐 张邦基 撰 孔一 丁如明 校点

枫窗小牍·清波杂志 〔宋〕袁褧 周辉 撰 尚成 秦克 校点

四朝闻见录·随隐漫录 〔宋〕叶少翁 陈世崇 撰 尚成 郭明道 校点

鹤林玉露 〔宋〕罗大经 撰 孙雪霄 校点

困学纪闻 ［宋］王应麟 撰 栾保群 田松青 校点

齐东野语 ［宋］周密 撰 黄益元 校点

癸辛杂识 ［宋］周密 撰 王根林 校点

归潜志·乐郊私语 ［金］刘祁 ［元］姚桐寿 撰 黄益元 李梦生
　　校点

山居新语·至正直记 ［元］杨瑀 孔齐 撰 李梦生 庄葳 郭群一
　　校点

南村辍耕录 ［元］陶宗仪 撰 李梦生 校点

明代

草木子(外三种) ［明］叶子奇 等撰 吴东昆 等校点

双槐岁钞 ［明］黄瑜 撰 王岚 校点

菽园杂记 ［明］陆容 撰 李健莉 校点

庚巳编·今言类编 ［明］陆粲 郑晓 撰 马镛 杨晓波 校点

四友斋丛说 ［明］何良俊 撰 李剑雄 校点

客座赘语 ［明］顾起元 撰 孔一 校点

五杂组 ［明］谢肇淛 撰 傅成 校点

万历野获编 ［明］沈德符 撰 杨万里 校点

涌幢小品 ［明］朱国祯 撰 王根林 校点

清代

筠廊偶笔 二笔·在园杂志 ［清］宋荦 刘廷玑 撰 蒋文仙 吴法源
　　校点

虞初新志 ［清］张潮 辑 王根林 校点

坚瓠集 ［清］褚人获 辑撰 李梦生 校点

柳南随笔 续笔 ［清］王应奎 撰 以柔 校点

子不语 ［清］袁枚 撰 申孟 甘林 校点

阅微草堂笔记 ［清］纪昀 撰 汪贤度 校点

茶余客话 ［清］阮葵生 撰 李保民 校点